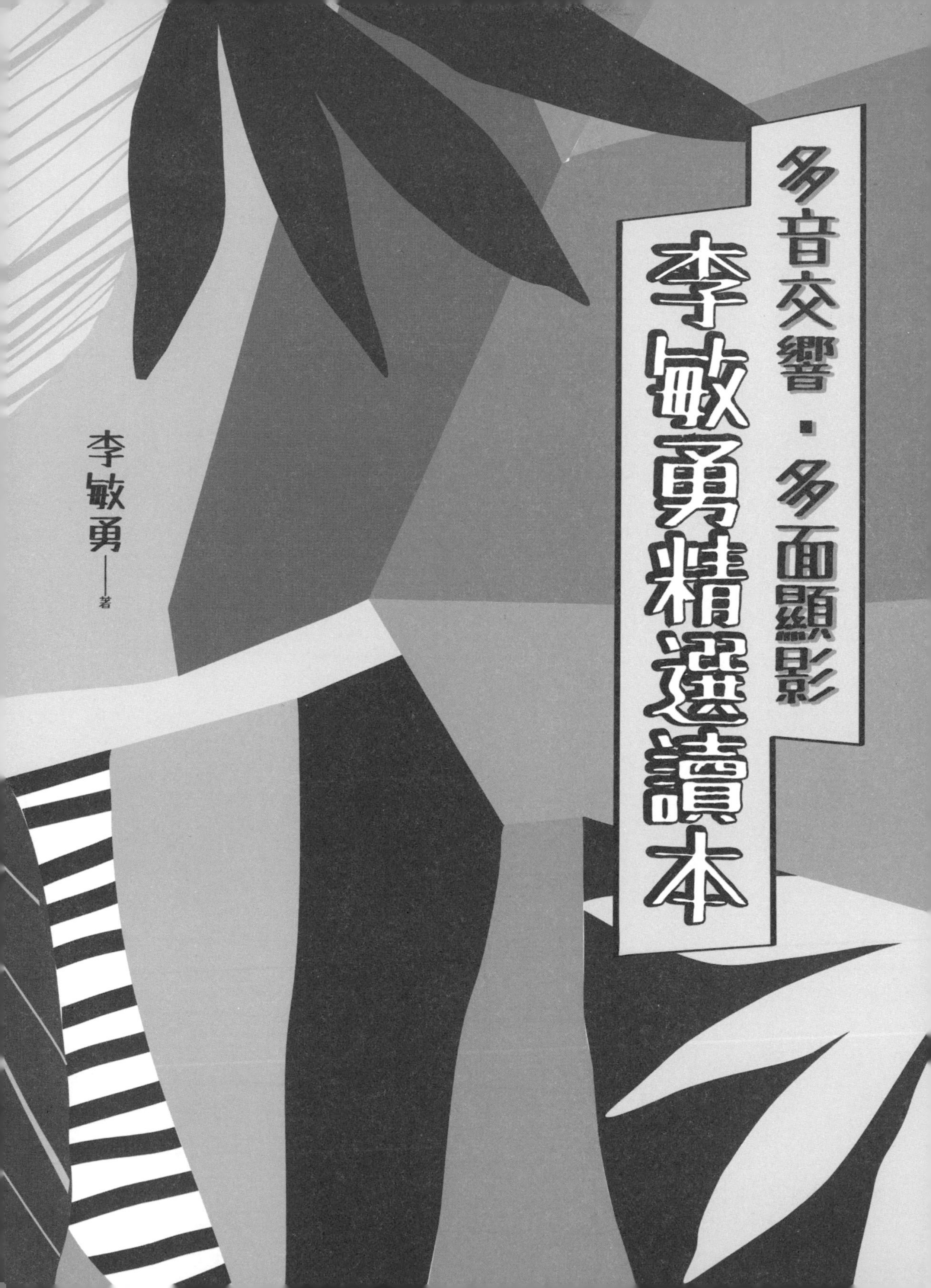

多音交響‧多面顯影

李敏勇精選讀本

李敏勇——著

序說　詩之志，文學心

李敏勇

我的第一本書《雲的語言》出版於一九六九年，距今二〇一九年，已五十年半世紀。而我也自人生的青春、走過朱夏、白秋，走向玄冬了。半世紀是人生的長時間，世界從二十世紀走入二十一世紀，從美、蘇帶領的自由資本主義國家和共產陣營的極權社會主義國家對抗的冷戰時期，走入全球化以貿易競爭競奪的時代。台灣則從黨國專制戒嚴走向民主化奠基，卻面對中華人民共和國挾走資化的帝國形貌威脅。

出版第一本書，一本收錄詩和散文、我的青春過敏性煩惱的篇章後，我才真正走上詩人之路。一九七〇年代，留下《鎮魂歌》和《野生思考》兩本詩集，以反戰和政治違逆的主題，成為一個戰後世代，亦即戰後嬰兒潮世代的精神史見證。一九八〇年代，詩集《戒嚴風景》更直指黨國體制下的現實。這是我詩的原型，是在《笠》的詩人學校得到啟諭、經過洗禮後的面向。這三本詩集，以《暗房》這本詩選較早呈現。

戰後性常常是我省思的課題，以二戰為座標，意味著戰敗國和戰勝國的文化省思，對於詩的動向有更血肉化的凝視。我在《笠》的詩人學校和世界詩的詩人學校，開拓自己的詩視野。從戰敗國的詩人作品：亞洲的日本，歐洲的德國、義大利；戰勝國的作品：歐洲的英國、法國，蘇聯時期的俄羅斯、美國，梭巡詩人的見證。

戰後的台灣並沒有世界性的戰後視野，而是被侷限在既非戰敗國也不是戰勝國的迷障，在外來黨國體制的反共抗俄到反共而不抗俄的國策牢結裡，流於國策文學的教條主義和波蘭詩人米洛舒（C. Milosz, 1911–2004）在〈有贈〉這首詩裡所說的：官方謊言的共謀、喉嚨被割的醉鬼狂歌以及大二女生的讀物，三種不能挽救國家和民族的詩。

一九七〇年代，一九八〇年代，我多次出任《笠》的主編，以世代論、時代論、藝術論、社會論議題，嘗試重建戰後台灣詩史，幾乎在各期的卷頭言留下篇章。這也是我從詩到詩論的跨越之路，也是後來在論述領域有所發揮的原因。詩，在造型與精神領域，既重形式，也重意涵，對藝術性和社會性有所觀照。從詩論評走向藝術與社會評論，一九八〇年代末出版了《做為一個台灣作家》，一九九〇年代初出版《戰後台灣文學反思》之後，應邀在許多報刊撰寫專欄，留下許多從戒嚴走向民主化的見證。

一九八七年七月，台灣宣佈解除長達三十八年的戒嚴時，我正在從美國加州洛杉磯往聖地亞哥的一號公路途中。記得，下車和友人走向太平洋海濱，腦海浮現米洛舒的〈禮物〉，一首隱喻歡喜迎來自由的詩。那時，他仍在柏克萊加州大學任教，他詩裡喻示的「他們的敵人會把自己交付毀滅」（出自〈咒語〉）還未實現。東歐不久自由化了，他是結束流亡約四十年的人生，回到波蘭，並安息於斯。

禮物

米洛舒／著　李敏勇／譯

這麼幸福的一天。
霧一早就散了，我在花園做活。
蜂鳥停在忍冬花上面。
這世界沒有什麼我想擁有。
沒有任何人值得我羨慕。
我遭受的任何惡禍，我都忘了。
認爲我曾經是一樣的人我也不會難爲情。
我身上再沒感到痛苦。
挺起身子時，我看到藍色的海和帆。

這首詩寫了一位從東歐國家波蘭流亡的詩人的信念和期待，把自由視為禮物，在祖國重獲自由時，亦即看到藍色的海和帆時，他挺起身子的視野。東歐是二戰後、從納粹德國解放而陷入共產體制的國家，這些國家在戰後的世界詩有突出的表現，米洛舒是其中一位佼佼者。他的詩讓人看到詩人存在的意義及價值，在困阨的時代不只破滅、希望，而懷有信念。

一九八七年二二八，台灣筆會成立。參與籌備的我，在起草成立宣言中，以「作家應當是一個精神的政府。作家應當是社會的良心、時代的證人；也應當是心靈的守護神、希望的領航員。作家應當站在人的立場，堅持公理與正義、信守和平與愛、追求善美與真實；透過文學和藝術的創作、評論和研究，透過社會批評、更透過文化運動，彰顯其意義與價值。」起頭，期勉、召喚台灣作家，追求政治民主化、經濟的合理化、文化優質化的理想和憧憬，參與社會改造和國家重建。這一年，從蘇聯流亡美國的詩人布洛斯基（J. Brodsky, 1940–1996）獲諾貝爾文學獎，他的名言：「詩人應當干涉政治，直到政治停止干涉詩。」是深印在我腦海的一句話。

在美、加的一個多月文化之旅，經歷多場演講、朗讀及文學會議，回到台灣後，我決定把自己的人生放在寫作及社會參與，內人麗明不只同意，也協助我。一九八七這一年，我，四十歲，企業職場已穩定。我決定自己的人生要回到文學的初衷，並加上公共事務。籌組四七社（一九〇〇～二〇〇〇）、擔任台灣筆會會長（一九九三～一九九四）、鄭南榕基金會董事長（一九九九～二〇〇五）、台灣和平基金會董事長（一九九八～二〇〇二）、現代學術研究基金會董事長（二〇〇一～二〇〇五），就是我四十歲到近六十歲的投入。一直到二〇〇七年，我六十歲，意外獲頒國家文藝獎，才回到自許的一個人的文化運動。

積極介入社會的二十年間，也是詩集《傾斜的島》（一九九三）、《心的奏鳴曲》（一九九九）、漢英對照《如果你問起》、漢日對照《思慕與哀愁》兩冊詩集，以及譯讀詩、散文集、評論集、隨筆集、編選詩文集，大約四十本書出版的時期。以詩為主，兼及歌詞、譯讀詩、文學評論、文化評論、社會評論，藝術評論，甚至編選詩文集。這期間，常應邀到世界許多國家的台灣人社團年會演講，朗讀詩。一個台灣詩人的心靈之旅和時代見證，是我那時期的寫照。

研究愛爾蘭文藝復興與獨立運動的英文學者吳潛誠，曾以〈政治陰影籠罩下的詩之景色〉論我的詩集《傾斜的島》，他說：「李敏勇的詩作常涉及政治，但他並不是只要政治，不要詩的作者。相反的，他是一位對於詩之為物持有崇高信念的詩人。」在閱讀李敏勇《心的奏鳴曲》的論述〈擦拭歷史、沖淡醜惡以及第三類選擇〉，以愛爾蘭詩人薛摩思．希尼（S. Heaney）如何以詩為受難者清洗傷口？說我越來越著重如何以藝術技巧來舒緩沉重的擔當。這讓我想起德國漢學家馬漢茂（Martin）在波鴻．魯爾大學一位學生有關我詩與論述的研究《認同的探索在台灣——詩人、批評家李敏勇》（一九九六）。他們觀照了我，也讓我省察了自己。

二〇〇七年，我以「一個人的文化運動」表明從諸多公共事務團體主事者走向個人性參與的心意。進人白秋、玄冬的人生階段，我想以更具個人性的角色，在創作、論述以及社會介入、參與，實踐更純粹的心意。悠忽之間，已過了十多年。回看這段時間，自己各種文類著書大約每年二～四本，累計已有相當數量。自己少小時期走向詩人、作家的專職之路的夢，似乎實現了。之前的詩集，也以《青春腐蝕畫》、《島嶼奏鳴曲》的合集呈現。而通行台語詩集另有《一個台灣詩人的心聲告白》有聲書（一九九六），以及後來的《美麗島詩歌》（二〇一二）。

我的詩之志和文學心，經歷《笠》的詩人學校啟蒙，也在當代世界詩譯讀的詩人學校洗禮。詩，相對於文學，就如數學之對於科學。以詩為本，以詩為角色，我在沒有地圖的旅行之途，戮力墾拓耕耘，一邊跌倒，一邊發現。我的意志和感情立基在台灣這塊土地，也放眼世界。獲頒國家文藝獎之後，蔡佩君以《詩的信使——李敏勇》為我書寫了評傳，她的評傳與有關我的研究論文比較起來，顯示更多的生命觀照，是一本文學的傳記，呈現了我在時代變遷中的精神軌跡。

想起我詩集《心的奏鳴曲》裡的兩首詩，那是我的〈備忘錄〉和〈自白書〉，也算是告白與批評：

詩人應許的國度
以樹葉和花繪成旗幟
號角吹出的奏鳴曲代替征戰之歌
因季節的嬗遞憂傷
因歡喜而落淚
愛惜每一個字
爲語言剪裁適合的衣裳

——〈備忘錄〉摘抄

我的朋友
以一本詩集爲誌
結束詩人生涯
他說

有些詩人
讓人感到羞恥
……
爲了詩
我顫慄的舌尖
在意義的黑夜觸探
……
孤獨地仰望星星
面對廣漠世界
我也尋求慰藉
……
詩
其實是
自己面對自己的備忘錄
每一本詩集

都是自白書
向歷史告解
……

——〈自白書〉摘抄

我的詩人之路，起自南台灣的高雄，延伸到中台灣的台中，以至北台灣的台北。我童年成長之地：國境之南、島嶼恆春的屏東，更是英語詩人奧登（W. H. Auden）所說的詩人學校，是有海，有大武山，有美麗田園的自然學校。從鄉村到都市，經歷農業到工業化的社會變遷，更經歷戒嚴專制到民主化、自由化的時代進程。半世紀的光影印記在人生的形跡，譜呈在語言的行句，成為一本一本書冊，鑑照著我的生命史。

《自白書》（二〇〇九）之後，我的詩集是《一個人孤獨行走》（二〇一四）。詩人，終究是孤獨的，孤獨地承擔做為詩人的責任。走向一個人的文化運動，我不再以團體的角色去實踐社會責任，而是以詩人的身分發聲。從詩集延伸的各種文類著作，也都是立基於詩人位置和詩的本質的相關展現。出版《雲的語言》的五十年後，二〇一九年，《國家之夢，文化之愛》、《戰後台灣現代詩風景——雙重構造的精神史》、《私の悲傷敘事詩》，分別是社會評論、詩史論及小說，並編集一冊攝影詩文書《自由之路，人權光影》。《李敏勇精選讀本》以文類分輯，是各種著譯作品的選萃，做為我半世紀著述之路的多音交響與多面顯影，並為我詩之志與文學心的呈現。

目次

2 散文 085

5 譯詩 195

1. 詩

遺物

從戰地寄來的君的手絹
休戰旗一般的君的手絹
使我的淚痕不斷擴大的君的手絹
以彈片的銳利穿戳我心的版圖

從戰地寄來的君的手絹
判決書一般的君的手絹
將我的青春開始腐蝕的君的手絹
以山崩的轟勢埋葬我

慘白了的
君的遺物

我的陷落的乳房的封條

——一九六九

孤兒

誰都會是孤兒

從河邊的一隻死貓
從街道的一條病狗
從戰場的一具屍體
我悄悄地
收集著成爲孤兒的悲哀

像嚥下的貯食
它們輪番出現
期待反芻
我是這樣過活的

從一隻死貓的河邊
從一條病狗的街道
從一具屍體的戰場
我的夢
出發去旅行
誰都會是個孤兒

夢

夜黑以後
現實有一個缺口
我是打那兒
逃亡的

雖然你
像監禁終身犯一樣地
監禁著我的一生

然而
逃亡以後的我
是自由的

你不能捕獲我愛的掌紋
你不能捕獲我恨的足跡

——一九七二

種子

不要讓意志腐爛

潛藏在泥土裡
我們頑強的心
已經快要免於一季冬長長的欺壓

是春天爲我們開門的時候了

雪的酷冷曾經成爲水的滋潤
泥土的暗黑是養分
沒有什麼能剝奪我們希望的

一定會遇見陽光

當門開啓的時候
記得相互傳達重見天日的喜悅
以及溫暖

——一九七七

島國

遠離家鄉
我們祖先渡海來到美麗島
經歷過千辛萬苦

海峽剪斷臍帶
我們在浪濤的飄搖裡
學習用汗水耕耘
用愛種植希望

在星星的照引下
夢曾經偷偷走過架在海峽兩邊的彩虹
但那是祖國仍爲我們母親的時候

被異族割據的時代
我們就著手建立自己的祖國
美麗島就是我們的家鄉
永遠的慈暉是藍天
撫慰我們的心

——一九七〇

風景

從逐漸死去的河口
仍然聽得到海的聲音
核污染的廢水
在那兒和海相會

從撫慰我們的天空
仍然看得見雀鳥的飛行
核污染的浮塵
在那兒謀殺雀鳥

從枯黃的原野
仍然摘得到野菊的笑容
核污染的陰影

在那兒籠罩野菊

從核電廠
描繪出硝煙的風景
描繪出繃帶的風景
描繪出腐敗的風景

——一九八八

暗房

這世界
害怕明亮的思想

所有的叫喊
都被堵塞出口

眞理
以相反的形式存在著

只要一點光滲透進來
一切都會破壞

——一九八三

這城市

我們隱藏自己
在擁擠的人群裡
在污濁的空氣中
掩護焦慮
掩飾貪婪

玻璃帷幕暴露我們茫然的眼神
厚重金屬壓制我們不安的心
這城市
冷漠仍繼續繁殖
疏離卻不斷膨脹
沒有共同的語言

路口的紅綠燈也失去意義
只能依靠手勢
互相交換信號
互相懷疑怨恨

監禁自己在門與窗都查封的屋子
依賴電視的視野
我們認識剪裁與拼貼的世界

接收黨國指令
摒棄思考在夢魘中安睡

——一九八九

從有鐵柵的窗

記得嗎
那天
下著雨的那天
我們站在屋內窗邊
你朗讀了柳致環的一首詩
「……
……
唉！沒有人能告訴我嗎
究竟是誰？是誰首先想到
把悲哀的心掛在那麼高的天空？」
順手指著一面飄搖在雨中被遺忘的旗
很感傷的樣子
而我

我要你看對街屋簷下避雨的一隻鴿子
他正啄著自己的羽毛
偶爾也走動著
牠抬頭看天空
像是在等待雨停後要在天空飛翔
我們撫摸著冰冷的鐵柵
它監禁著我們
說是爲了安全
我們撫摸著它
想起家家戶戶都依賴它把世界關在外面
不禁悲哀起來
從有鐵柵的窗
我們封鎖著自己
我們拒絕眞正打開窗子
讓陽光和風進來
我們不去考慮鐵柵的象徵

它那麼荒謬地嘲弄著我們
它使得我們甚至不如一隻鴿子
牠在雨停後
飛躍到天空自由的國度裡
而我們
我們僅能望著那面潮濕的旗
想像著或許我們的心是隨著那鴿子
盤旋在雨後的潔淨透明的天空

——一九八一

註：柳致環是韓國詩人。「……」內爲他詩〈旗〉的結尾。

底片的世界

關上門窗
拉上簾幕
我們拒絕一切破壞性的光源
在暗房裡
小心翼翼地
打開相機匣子
取出底片
它拍攝我們生的風景
從顯像到隱像
它紀錄我們死的現實
從經驗到想像
我們小心翼翼地
把底片放進顯影藥水

以便明晰一切
它描繪我們生的歡愉
以相反的形式
它反映我們死的憂傷
以黯澹的色調
直到一切彰顯
我們才把底片取出
放進定影藥水
它負荷我們生的愛
以特殊的符號
它承載我們死的恨
以複雜的構成
這時候
我們釋放所有的警覺
把底片放入清水
以便洗滌一切污穢

過濾一切雜質
純純粹粹把握證據
在歷史的檔案
追憶我們的時代

——一九八八

這一天，讓我們種一棵樹

——二二八公義和平日的祈禱

這一天
讓我們種一棵樹
每個人
在我們的土地
在自己的心中
在島嶼每一個角落
在掩埋我們父兄的墓穴
讓我們種一棵樹

聽到叫喊的聲音
看到血流的影像
但

讓我們種一棵樹
不是爲了恨
而是愛
讓我們種下希望的幼苗
而不是流出絕望的淚珠

讓我們種一棵樹
不是爲了記憶死
而是擁抱生
從每一株新芽
從每一片新葉
從每一環新的年輪
希望的光合作用在成長
茂盛的樹影會撫慰受傷的土地
涼爽的綠蔭會安慰疼痛的心

讓我們種一棵樹
做爲亡靈的安魂
做爲復活的願望
做爲寬恕的見證
做爲慈愛的象徵
做爲公義的指標
做爲和平的祈禱

讓我們種一棵樹
做爲一種承諾
做爲一種堅持
樹會伸向天際
伸向光耀的晴空
伸向燦爛的星辰
樹會盤根土地

守護我們的島嶼
綠化我們生存的領域

——一九八七

想像

生日那天
妻送我一束花
孩子們圍繞著點亮燭光的蛋糕
歡唱了祝福的歌

那束花
終於也枯萎了
把花丟棄時
感覺自己也被丟棄一次

那晚
想起死去的父親
想起和弟妹們圍繞著父親

一起唱生日快樂歌

死去的祖父
成爲星星升上天空
這是孩子們的想像
她們常常告訴我的想像

被丟棄過的我
有一天
也會成爲死去的祖父
在孩子的孩子們心裡成爲星星

我躺在妻的身旁
想著這樣的事
說什麼也睡不著
把妻也叫醒了

也許不該送你那束花
妻說

但我認爲
這並不是花的問題
也許是年歲的問題

感到睏倦要閉上眼睛的時候
隱然看見一個星星
在低垂的月亮旁眨眼

——一九九一

街景

詩人們
在街角的咖啡店
談論革命的歷史

偶而
翻閱著晚報
在音樂裡議論時事

遠方充滿戰爭的消息
獨立運動與統一分別進展
世界在瓷杯裡攪動著

玻璃窗外

行人匆匆走過
尾隨著迷失的狗

——一九九〇

日出印象

翻過夜的書頁
越過夢的褶曲

光耀的手
從地平線伸出
綻開草地上的牽牛花

啊

我讀到美的定義
從每一個花蕾的開啓

而從綠色葉脈
意義的紋路蔓延

一如語言的繁衍

有鳥的鳴唱
從枝椏傳出
在樹叢回應光的觸撫

鳥的跳躍
描繪並且計量著
光與影

是了是了
日出就像詩的開啓
從死滅和寂靜

經過夜與夢
種子在光與熱中

獻身

繁茂成枝與葉
伸入土地
伸向天空

開出花的姿影
完成意義的
形貌

——一九九三

在語言的森林

輕輕地
我打開書的門
每一個字
是一個鍵
在語言的森林
鳥鳴的樂音帶引我
穿梭在字與字之間

意義的葉片
搖曳在風中
應和著大地的脈動
溪流裡
延伸許多隱喻

天空的象徵照在清澈水面
有時明亮
有時黝暗

思考的魚群
沿著流水
在漩渦中翻滾
某些逆游而上的動向
征服物理的律則
宣示生命能量

水溼的地表
一些落葉
一些苔蘚和草花
紀錄著時間的形跡
形構著另一個世界

無限寬廣
無限深

——一九九四

詩史

在時間的簿冊
我們以詩表明心跡
並且留下秘密的證言
爲被壓抑的歷史

現實的惡臭土壤裡
我們播下的種子
已長成枝葉
已開出花

粗暴的風
窺伺在花園的四周

某些花苞被連枝折斷
而更多的花苞正在開放

——一九九四

我聽見

我聽見
遙遠的呼喊
也許
從監獄的刑場
或
來自醫院的產房

孤寂的夜裡
我正讀著一首異國的詩
詩人
以語言的擔架
從刑場領回政治受難者
並爲他施洗

但我寧願
在日出之前
護士們抱著新的生命輕輕舉起
嬰兒離開母親子宮的哭聲
其實是
女人的歡喜

——一九九二

國家

我的國家
只隱藏在我心裡

沒有鐵絲網
沒有警戒兵

用樹葉編成的旗幟
飄揚在風中

樹身就是旗桿
遍佈島嶼的土地

有鳥的歌唱在樹林裡
隨著風的節拍回應自然的呼吸

——一九九七

備忘錄

一首詩應該是
一個許諾
黑暗中晃動的燈光
寒風裡
霧夜中
船行船隻的汽笛聲
爲相遇的旅人響起

閃亮的語字
在陽光下跳躍
雨天街路
水花綻放某種意象
意義譜上光彩

萌芽
穿透暗黑的土壤

鴿子飛在林木間
羽毛掉落枝葉
和平的信號
從遠方戰場止息的硝煙中
拍發喜悅的符碼

有人以眼淚迎接陣亡者
有人爲歸返的情人獻上花環

詩人應許的國度
以樹葉和花繪成旗幟
號角吹出的奏鳴曲代替征戰之歌
因季節的嬗遞憂傷

因歡喜而落淚
愛惜每一個字
爲語言剪裁適合的衣裳

——一九九七

心聲

我只歌頌土地
如果我只能愛一個對象
那無疑就是妳
——我們的島嶼

我只讚美自然
如果我必須爲愛獻身
一定是爲繁茂的草木
鳥的鳴聲

我夢想——
在島嶼的海邊
台灣的孩子們在那兒歡唱

視野無限寬廣

我夢想——
在島嶼的山上
台灣的孩子們在那兒跳躍
伸手摘取天空的星星

我夢想——
在島嶼的鄉村
台灣的孩子們在那兒成長
從自然中學習生命的律動

我夢想——
在島嶼的都市
台灣的孩子們在那兒茁壯
新的秩序在他們手中開創

島嶼的航程和方向
是爲了這樣的夢想
我們流過的血和淚
也爲了這樣的希望

編織夢想
描繪希望
爲了綠色和平的島嶼
——台灣

——一九九四

風中一葉

不要想風中飄動的那一片葉子
不要憂慮它會落到何方
現在它綠色葉脈在陽光中
它光澤的話語
訴說著生的歡愉
悲傷是當它由綠轉黃
見證了成熟
那時已是秋天
晚禱的鐘聲將夕陽的顏彩
譜成音樂
悲傷也是一種美
就像人生

在旅途中
各種註腳印記不同的形跡

——二〇〇三

即景

在婦人的懷裡
狗像孩子
她微笑
對狗
狗低頭
看跟在身邊的孩子
孩子
像狗

——二〇〇四

春天

不要以爲
窗口的風景
永遠那麼美麗

就在大樹下
槍聲
擊痛死難者的叫喊

一片一片新葉
是一年又一年出現的
記憶

——二〇〇四

詩之為詩

不寫時
詩在心裡
跳動
在血管
流轉

下筆
死去的生命
在紙頁
復活

細心的閱讀人
知道

怎樣在語字裡探索

——二〇〇七

在世紀之橋的禱詞

戰火成爲歷史
災難成爲記憶
傷痕與淚珠形成自然的簾幕
在薄雨中呈顯
一座彩虹像世紀之橋
在時間的盡頭和起點
分隔過去和未來
現在是
世紀末的黃昏
入夜後
星星會指引我們
穿越黑暗

從水平線透露的光
照耀日升之屋
福爾摩沙依然在海的懷抱裡
釀造夢想
地平線上
她的子民共同呼喚
台灣的名字

——一九九九

流亡者

你從你的祖國
流亡

祖國是一個詞
不被信賴
但也不能完全拋棄

路在流亡中
延伸
背離的方向

祖國是一種傷痛的
意識

鋪陳在你
詩的行句

——二〇〇九

一個人孤獨行走

默念著米洛舒的詩
我走在種植木棉花的街道
隔著一條街
遊行的隊伍吶喊著
炎熱空氣裡被蒸發的聲音
飄浮在城市上空
一些雲點綴自由的夢

我也曾
行走在抗議的人群裡
被淋濕的身影
印記著歷史淤積的淚水
那些腳印

以及灰塵
模糊在時間的冊頁

政治畢竟是
權力的幻影
在旗幟飄搖的風景裡
糾纏著光與黑暗
一些物理學的準則
或者說化學
甚至……

不能言說的
數學
盤算著利益的程式
顛覆我們用大寫字母寫公理與正義
用小寫字母寫謊言與壓迫的

哲學
更別說文學了

〈咒語〉的行句
撫慰我的心
波蘭文或英文
如今轉換成漢字中文或台語
不只隔著一條街
從相距千里萬里的遠方
米洛舒已死而他的詩存在著

只有精神
能穿越時間黑暗的通道
穿越空間荒漠的廣場
在一個美麗之島也是悲情之島的
一個城市一個人孤獨行走

花已褪盡而綠葉猶存的樹
拓印肉體的行跡

——二〇〇九

註：米洛舒（C. Milosz, 1911-2004），波蘭詩人，一九八〇年諾貝爾文學獎得主。「我們用大寫字母寫公理與正義／用小寫字母寫謊言與壓迫」出自他的詩〈咒語〉。

2. 散文

病房的花

母親來電話，說舅舅已經過世。

舅舅是月前住進醫院的。從島嶼南端的城鎮，為了醫治突發的病症，由家人送到台北來。

一個星期天上午，我去探望舅舅。特地先到陸橋下的花市，選購了一盆石斛蘭，帶到醫院送給他。

躺在病床上的舅舅正睏睡著。在我推開病房的門，把石斛蘭放在床頭的櫃子上時，看到他閉著眼睛的臉顯得很憔悴。

舅舅原是個嚴肅的人，他不苟言笑。從小時候的印象就覺得他難以接近，有些害怕他。躺在病床上的舅舅，在窗外透進來的秋末陽光的照射下，卻讓人覺得可憐。

一會兒，舅舅醒過來。他一眼就認出我，露出笑容。案頭的石斛蘭映入他的視線。他輕聲說：謝謝；並一再說，石斛蘭開得好美。

原來想在花店買一束花來看舅舅的，後來，想到患了不治之病的人，更忌諱會很快凋謝的花，才買了花期較長，而且花謝後還會再開的石斛蘭的。

經過一個月，雖然聽母親說舅舅的病情，卻不曾再去看他。不知道石斛蘭的花枯萎了沒有？

在電話中得知舅舅離開這個世界，感到很難過。病房那盆石斛蘭的姿影，彷彿也走到生的盡頭而消失在死的意味裡。

——《人生風景》

妻的眼淚

新婚不久，有一天，下班回到家裡，看見妻的眼眶紅紅的，顯然哭過。

因為正在準備晚餐，妻的臉是面向流理台，不能很清楚看到哭過的神情，但在進門時相互照面的那一會兒，感覺到確實哭過了。

為什麼呢？為什麼哭呢？

在吃晚飯的時候，兩個人面對面，妻也不說出原因。在僵冷的氛圍中，面對一再的追問，只是默默無語。

飯後，妻在廚房忙著，沒有出來客廳。

我看完了晚間電視新聞後，在書房看書，感覺出妻整理過書房。原來有一點凌亂的地方又都恢復整齊的樣子。靜靜在書房裡的例行晚課，妻一反以往習慣，都沒有出現。

入睡時，再問起哭的原因，妻只是轉過臉去，一直側著睡。

也許是突然想起家裡一些什麼事情吧！或者是有什麼委屈也說不定。女人的事情，總是有些神秘。在困惑中，終於也睡著了。

經過好幾年，妻才說起那件事。是因為在整理書房時，看到一疊過去的女人寄來的情書。妻說，是被那信裡的情意和不幸的結局感動到哭了。

那時，已是我們有了一個女兒的時候。後來，我們也搬家，把那些情書棄置了。

——《**人生風景**》

思啊思想起

我的故鄉是島嶼南端的恆春。

記得小時候，每逢新年我們家人就從屏東搭乘公路局班車到恆春去過年省親。那是一九五〇年代，從屏東市到恆春的車程仍需費時將近三個鐘頭。在屏東的公路局車站，叫賣著餐點的小販在車窗外大聲嚷著便當便當，喧嘩熱鬧，而我們懷著要出發去旅行的期盼心情，無憂無慮充滿著童年的快樂。

從屏東到恆春，在那時候好像很遠，因為小時候最遠的行程也就是那行程了。記得公路局車經過枋寮以後，海的景象就不斷出現在眼前。而那段路程因尚未鋪設柏油路面，車輛在顛沛中搖晃，常常令人感到暈眩，也常看到乘客反胃嘔吐。然而海的視野是美麗的，令人著迷的，一直延伸到故鄉。

事實上，我的出生地並不是恆春，父母親結婚後，就離開故鄉，家在屏東和高雄區域間。但因為父親和母親的家鄉在恆春和車城，也因為小時候，每逢過年，我們都會回到父母親的家鄉，恆春自然而然的成為我的故鄉。小學一年級的時候，我曾經在鄰近恆春的濱海鄉村車城就讀過的經歷，更使得故鄉的意識更離不開恆春。

每想到故鄉恆春，就會想到「思想起」這首民謠。我並不一定想到陳達，而是想到故鄉的鄉人。小時候，看著故鄉的人們歷盡風霜的臉上，似有特別深刻的皺紋，熟悉的思想起歌聲在人們的生活裡經常吟唱，而落山風颳起的冬天，特別是新年時際的夜晚，好像原野裡奔馳著千軍萬馬，印象深刻。

父母親的親人大多逐漸離開家鄉，但仍有許多人住在恆春一帶，在山腳下的田庄或海邊的村落或者市街。從小到現在，每次回到故鄉，我們都會到處去拜訪親戚，去看海或戲水。恆春沿海的天空蔚藍而亮麗。藍的天、白的雲看起來乾淨清爽。新年時節，收穫後的洋蔥田被冬天的風吹拂著。

從小學到高中，我在屏東和高雄成長，繼而在台中度過大學時代。一九七〇年代初，我就因為就職的因素，定居台北，成為台北市民。我的故鄉意識和市民意識，在這時候才清楚呈顯。在我的意識裡：我是恆春人，也是台北市民。

因為清楚的故鄉意識和市民意識，我沒有像許多文學作品裡表現出來的台北人的失落和徬徨。那種失落故鄉，而且又沒有政治屬地的市民意識形成的漂泊感，是許多台北人的形象。然而，在我來說，一方面故鄉意識帶給我土地的連帶感；而市民意識則帶給我政治的歸屬感。

我仍然利用新年或時節回到故鄉恆春，帶著家人回到家族根源的土地。雖然從我的父母親那一代，他們已經離開家鄉；我自己的孩子是在台北市出生、成長，但是我和自己的孩子回去探看父母，和父母一起回到恆春去探看家族的親戚，那種感覺是溫馨的。

故鄉恆春的墾丁，是觀光度假的地方。現在我們到恆春去墾丁，也經常住在飯店，但我們的心裡並不認為自己是觀光客，而是在地人。

父親過世，我們把父親的遺體葬在父親家鄉，在恆春鎮郊一處能遠遠看到海的山坡墓園。清明時節，回到父親的家鄉，也回到我們的故鄉。在那土地裡埋葬著父親的感覺，更使人對故鄉有更深一層的感情。故鄉的土地和父親似乎重疊在一起。父親與我們血肉相連，埋葬父親的故鄉土地也與我們血肉相連著。

父親過世後，我寫了好幾首出現故鄉場景的詩，其中有一首就是〈故鄉〉：

故鄉海邊
儲存核爆的巨球代替燈塔
封鎖港口
鎮壓人心

荒廢的瓊麻山
像被曬焦的父親的肩膀
支撐著輸電線
延伸到島嶼的其他地方

夜暗中點亮燈光
燃燒的鎢絲
有故鄉的痛楚
在封閉的心裡吶喊

落山風嗚咽
聲音消失在環繞的海
一把月琴
思想起

寫這首詩時，正值深夜，我在書房裡，不經意地想到父親，而望著燈光出神時，思緒回到故鄉恆春。故鄉的許多景象浮現在腦海裡：海、核電廠、漁港、瓊麻山、父親的墓園、核電廠的輸電高壓線、落山風、陳達的月琴、思想起……這些故鄉的景象逐漸連結成詩的意象，形成一首詩。

我的故鄉的全意象在這首詩所呈現的形貌和輪廓，取代了我少小之時，去拜訪親戚或成長之後回去旅遊的情景，而形成了一種深沉的感情的地圖。

首先，是核電廠的景象，它在故鄉的海邊成為取代燈塔的夢魘般的存在。它儲存的不只是電力，也儲存著核爆的惡夢，好像一種巨大的存在，一方面封鎖故鄉的漁港港口，另一方面又像鎮壓著故鄉人們的心。

——《人生風景》

螢火蟲

夏秋之際的一個夜晚，唸小學的女兒和我一起在書房，她在問我螢火蟲的事。因為，她在我寫給她和姊姊的一輯詩「自然學校」裡，讀到〈螢火蟲〉這首詩：

螢火蟲

提著小小燈籠
螢火蟲
忙碌地裝扮鄉村的夜晚
牠小心地走過田裡
牠謹慎地越過溝濠

發出微微的光
螢火蟲
辛苦地照亮田野的黑暗
牠有時爬到高處俯視大地
牠有時躲在窪角仰望天地

我的這一首詩和「自然學校」裡的詩，是為沒有真正接觸鄉村大自然的兩個女兒，也是為許許多多出生、成長在都市的孩子們寫的。他們從書本和字典接觸大自然；從學校教師的講授中，認識生活中世界的一些自然形象。

比起曾經在鄉村生活的人生，我覺得兩個女兒和許多只認識都市的孩子們，在某種意義上是不幸的。他們就像後來歸化美國的英國詩人奧登所說的，是不適合進入他構想的詩人學校的那一些人。

W‧H奧登說過：如果有財團願支持他辦詩人學校，那麼他列舉的課程，會是生命感覺的涵養和訓練有關的科目；而入學者事先要住在鄉村，如果生在鄉村那更好；如不幸生在都市，也必須盡量到山野、海濱去觀察自然生態，學習自然的色彩和韻律。

小女兒就是因為沒有真正在鄉村生活中接觸過螢火蟲，才那麼好奇地問螢火蟲的事。我看到她發亮的眼睛裡，充滿著期待認識螢火蟲的願望。

從書房的落地窗看出去，是建築物的燈光，在每一扇窗口裡都有陌生的鄰人，在他們各自的生活領域裡活動。夜晚，他們在燈光裡呼吸，而不是在有螢火蟲閃爍的夜空下呼吸。

小女兒在聽我描述童年時代在島嶼南端的鄉村夜晚，經過田野溝渠，看到螢火蟲在夜色中閃爍的情景，她發亮的眼睛好像有著夢一般的沉醉和羨慕。是因為有那樣的經驗，爸爸才能寫出〈螢火蟲〉這首詩的吧！小女兒這麼告訴我。

是啊！因為有真正接觸過大自然裡螢火蟲在夜色中閃爍的情景，我才能寫出〈螢火蟲〉這首詩。但也因為女兒沒有這樣的甜蜜經驗，我才為她們，也為其他都市裡的孩子們，寫〈螢火蟲〉這首詩的啊！

螢火蟲不只是失去童年鄉村生活經驗的孩子們憧憬的夢，也是一種文化失落的象徵，在我與小女兒的對話中，我不但感受到她們所缺失的童年鄉村經驗，也感知到一種文化失落的意味。

記得，有一年到韓國參加一個國際性的詩人會議，當時韓國的文化部長李御寧——也是一位著名作家與文化評論家，就以螢火蟲的光來比喻文化，他提到的一段比喻，一直都記在我腦海裡。

韓國人以他們愛詩為榮，自稱是詩人的王國。李御寧在那個詩人會議的開幕致詞提到：詩人和他的命運，是在工業主義暴風裡奄奄一息的發亮的光芒。他提到韓國也因為化學農藥的過度使用，使螢火蟲瀕臨絕種，因而螢火蟲受到國家保護。他們特別在一個仍然有螢火蟲的地方，開辦夏令營，讓兒童在那兒能接觸到螢火蟲的踪影。而他答覆學童詢及文化部工作是什麼？他的回答是：保護將要熄滅的，一如螢火蟲的光一般的生命之火。

在台灣，都市裡看不到螢火蟲，而現在生活在鄉村的孩子們，也不一定看得到螢火蟲。所以，不幸的不僅是出生成長在都市的孩子。然而，我們這個傾斜的國度裡，文化部門的官僚們可注意到這小小的象徵呢？在台灣的文化官僚們動輒搬出一些殘廢廟堂、破敗宮廷的文化表徵，吶喊著復興的氣息，怎麼會注意到螢火蟲微弱的亮光和其象徵呢？

我不知道，我的小女兒是否從爸爸眼神中看到一份失落的茫然。但從有關螢火蟲的談話以及延伸的一些感觸裡，我確實相當憂愁，相當感傷。不只為了孩子們失去的那一切原來存在於我們土地上的自然物，也為我們文化裡失去的那份生命象徵。

在小女兒離開書房去彈鋼琴的時候，我仍然在書房裡，獨自緬懷童年時代在夜間欣喜地追逐螢火蟲的情景。而不知不覺地，有一首日本詩人詩作裡的螢火蟲意象出現在我腦海裡：

在森林裡有死去的孩子
像螢火蟲一般地蹲著

這是中原中也的詩。

不知道為什麼？這個出生在一九〇七年，在一九三七年就以三十歲之齡去世的日本詩人，詩裡的螢火蟲意象會浮現我腦海。也不知道為什麼，當我把落地窗的簾布拉上，在屋外的燈光消失時，螢火蟲似乎在夜空下飛啊飛啊，微弱的光線照著書房裡的書，彷彿也照著我在鄉村田園生活的童年，照著我被監禁在都市牆壁裡仍然追尋自然光源的人生。

——《人生風景》

監獄裡的鴿子

到郵局領取他從離島監獄寄來的限時掛號信，是午後時分。難得的冬日陽光，照在北門附近，照在已被破壞又修建過好幾次的北門赭紅牆垣和瓦蓋上。高架陸橋刺目地橫越眼前，連同橋上飛快疾行的車輛。

已經很久沒有到都市的這一地帶了。如果不是為了領取從離島監獄的這封限時掛號信，也不會在平日的午後，來到這地方。這裡曾經是繁榮的西門町的一端，緊接著車站。街道上來來往往的行人很多，即使是平常時候。

領取他的信，就在郵局門口拆閱。他總是用限時信、用掛號信，或用限時掛號信寄信來。也許是急切地想讓信投遞到收件人手中；或是擔心不用掛號方式會遺失信件吧！每次接到他的信，總會感受到在離島監獄裡，他掛念的心情。

信的開頭，他為我寄贈全套三十冊《台灣詩人選集》致謝。特別提到，原來請我送他的幾本小說，是想在最後兩個月的刑期裡，讓疲倦的身心好好輕鬆一下。但是，收到這些詩集，使他感到意外與驚喜。不必再買那些小說了，因為他全副精神已擠滿了《台灣詩人選集》了，是沒有空間再去容納任何事物的，全套書都還在獄方檢查之中，尚未發放。

在讀到他下列的話語時，心頭格外沉重。

「一位過去的難友在本月十三日寫信給我，問我是否見過他從前在國防部監獄飼養的那些鴿子？並且感傷地說：『我好想牠牠們喔！』」

監獄裡的鴿子。這個意象太尖銳了。尖銳得讓人受不了。捧讀著他的來信，一面在從郵局到車站的街道上走著，在冬日的陽光下，在熙攘的人潮裡，突然覺得孤單。

和他通信，有三個月時間了。雖然素昧平生，但是，透過書信往來，能夠對於一個良心犯提供一些安慰和鼓勵，是當初和他通信的心願。忝列為人權促進機構的一分子，未來就應該廣泛地參與人權救援工作。何況，當初特別注意他，還因為他熱愛文學，也寫了許多詩。

譬如，他在信裡提到監獄裡的鴿子時，有一首〈煮鴿〉的詩，就生動地記得了鴿子在監獄的遭遇。

「把蓋子封密／鍋裡裝著慌亂的鳥聲
燃燒吧／哭泣也是一種優美的旋律……」

我從來沒有想過監獄裡的鴿子。雖然我自己有幾首詩，出現了鴿子，但都是把鴿子當作和平的象徵。即使在監獄裡，也只是看到外面的鴿子。在〈從有鐵柵的窗〉這首詩裡，鴿子被託付著希望。在牠飛翔的形影，寄望著和平與愛的飛翔。有一首〈儀式〉，寫了人們把牠從鐵籠裡放出來點綴慶典，也沒有積極的監獄裡的鴿子的意象。讀到從離島監獄的信中敘述的監獄裡的鴿子，實在是一種特別的經驗。

在監獄裡飼養鴿子是一種什麼樣的心情呢？離開監獄後想念那些飼養過仍留在監獄裡的鴿子，又是一種什麼樣的心情呢？從車站到辦公室的這一段行程，我一直思索著這樣的問題，也思索著良心犯的問題。

一九七七年十二月號的「笠」詩刊，當時執行編輯工作的我，用了一幀當年良心囚犯（Prisoners of Conscience）海報大展的海報做封面，並在封面解說留下這樣的字句：「人權救援機構的美國人權救援支部所發起，並由十五位世界各國知名藝術家參與實踐的『良知囚犯一九九七海報大展』，從紐約開始，繼而在巴黎、阿姆斯特丹、巴塞隆納和東京等大都市展出，並將展覽累積金捐給人權救援機構，而成為一九七七年世界人權救援運動的一個強烈心象。

封面這幅海報照片，是美國的 Alexander Liberman 設計的。以監獄的鐵欄杆為背景，拳頭無助地握著，戲劇性地視覺化了展覽的主題，很強烈也很恐怖地震撼人們。

參展的十五位藝術家包括美國、英國、法國、日本、義大利、墨西哥、瑞典、哥倫比亞、荷蘭、西班牙，甚至波蘭，可以說，廣泛地顯示出世界的關心。」

距離選用人權救援機構，也就是國際特赦組織（Amnesty International）簡稱A．I的海報做「笠」詩刊封面，迄今已經十年了。在台灣，終於也有了擬似人權救援機構的人權促進組織。許多文學界的朋友參加了這樣的組織，提供一些促進台灣人權的努力。但是，比起世界上許多國家，熱心救援因政治壓迫而入獄的良心犯的情形，台灣實在是落後地區，自顧不暇的。

像監獄裡的鴿子這樣的意象，實在是強烈的寫照，它提呈了良心犯最清晰的處境。他們不是兀鷹，而僅僅是鴿子。但是，監獄裡卻監禁著鴿子。救援這些鴿子，這就是A．I長期致力實踐的事業。各行各業基於人道立場，關心人權的不同種族、不同宗教，散居在世界各角落的人們，透過各種努力奉獻於這項事業。

從島嶼台灣和離島監獄，這三個月來，往返的書信把素不相識，從未謀面的我們連繫起來。代表著人與人之間應該友愛、互助的信念。也代表著和平與福祉意義的探索和追尋。還有兩個月，他就要從被監禁了好幾年，被消磨了好長的生命時光的離島監獄釋放。從他的信裡，他期待著這一天的到來，從他的信裡，我也期待著這一天的降臨。

——《人生風景》

從〇出發

一九七〇年代初期，我進入廣告代理業任職，從 copywriter 做起。那時候，心儀的是大衛．奧格威《一個廣告人的自白》，他是奧美廣告的創立人，大學修習的正是和我一樣的歷史。我的志向是詩人、作家，選擇從事廣告創意工作，是想和自己志向相輔相成。何況，在美國的廣告界，有「不當總統就當廣告人」這樣的說法。

一則大約那時代的日本航空公司廣告，在我心中留下深刻印象。那是日航為了推廣日本青年學生海外旅遊而展開的廣告 campaign，訴求主題是「從〇出發」，意思是從原點出發的一種開創精神。大學畢業了，要踏入社會，海外旅遊正是擴大視野的途徑，這是一九七〇年代初期，一則日本航空廣告的觀點。

日航的「從〇出發」廣告 campaign，文案引用了日本詩人高村光太郎（一八八三～一九五六）的一首詩〈路程〉。高村光太郎是雕塑家，父親高村光雲也是。他已成為日本國民心目中重要的詩人，更因與妻子智惠子的動人之愛而感動許多人們。

路程

高村光太郎／著　李敏勇／譯

在我前面沒有路
在我後面路已成形
啊啊　自然啊

父親
使我能自主的偉大父親
不要放棄呵護我吧
不斷添加父親的氣魄給我吧

爲了遙遠的路程
爲了遙遠的路程

父親的氣魄是這首詩中孩子的訴求，反映的是一個男孩的心意。日航的廣告用來對不分男女的青年們訴求，但在意義上更適合男性。「從〇出發」是說：即使完成了學業，也要視為歸零，走向世界的視野才有開拓性。這樣的廣告，在一九七〇年代初期進入廣告代理業工作的我心目中，留下深刻註記。

從〇出發，懷抱著走出自己的路的志向，並且尋求從父親得到鼓勵。如果讓我再回到青春時代，回到剛要走出學校、踏入社會的時代，我依然會被這樣的訴求感動，並且做為自己的勉語。人生確是一條路，從男孩子成長到男人的路，會成為丈夫和父親，並且把氣魄傳給下一代。

——《海角．天涯．台灣》

回歸到〇

〇，從起點到終點，形成一個阿拉伯數字。

這不只是一個數字，這也是一個符號，一個圓。

歸零，是一種空白狀態，這是開始；完成於零，則是一個圓熟狀態，可以說是結束。人生，從〇到〇，不就像這樣嗎？或說是一段旅程、一個計畫，從開始到結束。

我的職場經驗裡：教書、採訪新聞，相對於廣告事務是短暫的；但廣告事務相對於企業經理人，也是短暫的。即使這樣，在廣告界的五年工作仍然印記人生的充實行跡。

記得，一九七〇年代中期，我在廣告界任職時，從廣告撰文（copywriter），而企畫（planner），進而帶領業務部門（account executive）及綜理包括業務與企畫的事業部門，促成了我在廣告界任職的機緣。因為無法忘情文學，而且不想陷於以文學謀生的尷尬之境，我在企業的職場印記了人生的光影。

在廣告界經歷的是台灣經濟發展的某種歷史，我曾以〈廣告美學〉、〈廣告力學〉和〈廣告哲學〉，為自己服務的廣告公司製作系列企業廣告，嘗試把自己心目中的廣告文化觀點表達出來，並希望成為某種備忘錄或指南。即使後來我離開廣告公司到實業界，仍然有一段時間為一份廣告雜誌撰寫社論，期望廣告更具有文化面相。

日本航空在一九七〇年代初，「從〇出發」的系列廣告，是我喜愛、推崇的廣告。並不因為它引用了日本詩人高村光太郎的詩〈路程〉，而是它將旅行商品的意義和價值彰顯出來，給人生某種的啟發。那時的感動，或那樣的感動，帶有某種青春年代的憧憬。

相對於「從〇出發」的視野，在現在的時間，在我自己的人生從青春而朱夏而進入白秋期的階段，Suntory 威士忌的廣告，彷彿從三十多年前跟隨著我，成為這時候的心境。

其一是以黑澤明為訴說者的一支廣告影片：背對著鏡頭，黑澤明坐在導演椅，他正聽著貝多芬的第五號交響曲「命運」，熟悉的旋律撞擊著生命，黑澤明轉身過來，他拿起手中的威士忌酒杯啜飲著。響起「Suntory 威士忌」的聲音。

另一支廣告影片，是在北海道一個海邊，露營的父親和兒子圍坐著點燃小柴堆。父親問兒子說，你知道這些小柴枝怎麼來的嗎？它們是來避寒的候鳥長途飛行，為了在海面稍事休息而銜在嘴邊的小柴枝，但並不是每隻鳥都能返回牠來的地方。每一枝小柴枝都代表一隻死在這兒的候鳥。話說完時，啜飲手上威士忌，旁白響起「Suntory 威士忌」。

如果說：「從〇出發」的日航廣告是我昔日的心情；那麼，Suntory 威士忌的廣告，就是我此時的心境了。青春和白秋，畢竟是人生的不同階段。如今，我自己的一個女兒也像他父親一樣，走上廣告人之路。在她身上，我彷彿看到自己的過去。我曾經那麼希望廣告能夠展現美學、力學和哲學的文化面相；另一個在文學之路尋覓的女兒，是我的另一個面向。我也期待自己的女兒有她們的文化視野。

因為有文化視野，才會有意義的形式的要求。人生的每一天，從早到晚，是生命的最微小週期，是日出到日落的生命形跡。然後，一週間、一月期、一年度，經由日、而週、而月、而年，人生的或短或長，彷彿生命不斷地在形式和儀式的呈現。

每個人的人生都去描繪一個圓，或說描繪一個「〇」，從起點到終點的歷程，是一個數字，也是一個符號。在人生的許許多多階段，也是一個一個從〇開始而結束於〇的過程，是一個圓被描繪、被形成的過程。

——《海角・天涯・台灣》

鹽埕的記憶

○

飛向南方。

從松山機場起飛的航機穿越薄薄的雲層，航行在晴朗的天空。雲絮像海一樣，航機像飛船，彷彿滑行在無涯無際的海域。

從左翼的窗，可以看到蜿蜒的山脈從雲海中聳立，順延著航機飛行的方向，由北向南。這是台灣北南日間飛行時常見的景象；如果夜間飛行，那就是星火點點的城鄉了。

飛向南方，因為一趟旅行，一趟返回少小時熟悉地的旅行，在南方的一個大城市：高雄。一個要去漫步的地方：在愛河畔的鹽埕，曾經是最繁華的市區，如今已褪色但保留著一些記憶的鹽埕。

記憶是留在心裡的過去形跡。

記憶是印記著一些鄉愁的形影。

記憶是牽引的線，帶你回去巡搜著夢。

離開高中時代成長的地方已經四十年，不論在哪裡，都經常會回去，不只因為記憶，也因為根源。在那個地方以南，有更少小的記憶與根源，經由那兒延伸一條線，伸向離開家鄉更遠的地方。

火車的線、汽車的線、航機的線，南北相連，牽動著心。

一

高中時代的高雄，都心就在鹽埕。從鄰近火車站的校區，有一線公車以順時針與反時針方向，將校區與鹽埕連成一個圓，而愛河就像連接著圓周的直徑。

放學後，有時會和同學一起逛鹽埕。搭上公車，繞著圓周，通常在七賢三路下車。那兒是酒吧街，停泊在高雄港船隻的船員，從越南戰場來度假的美軍，在這樣的街道鋪陳異國風景。

揹著書包走在七賢三路，目光經常搜巡到怦然心跳的情色氣氛，本國風塵女子和外國尋芳客，街頭勾肩搭背。青少年時代，在仍然保守的民風裡，那樣的情景有異樣的氣氛。

相應異樣氣氛的是沿路的舶來品百貨店。舶來，因為是船舶從外國帶來的。那樣的百貨店，販賣當時的精品，與一般百貨店不一樣。鄰街的巷弄，更有「大溝頂」、「崛江商場」或被喻為「賊仔市」的路線商店，展售船員走私的衣飾、化妝品、菸酒。

在那時候，那些店就像時下的名牌商品賣店。只是，那時候的高中學生，甚至大多數人們並不那麼趨附於那些商品。

二

現在的高雄歷史博物館，在那時是高雄市政府。更早以前，是日據統治時代的高雄市役所。沒有進入過當時的高雄市政府，但走進高雄歷史博物館仍然可以感受到從前的空間意味。

從前的高雄市政府和從前的愛河，有著從前的興味。記得，和初戀的女友在愛河泛舟，從河岸的欄杆鍊條弧線，可以看到風景裡的高雄市政府。那樣的建築物只能以歷史形式存在，連愛河的泛舟都改成有馬達聲的愛之船而不是搖槳小舟了。

在博物館的歷史，呈顯了二二八事件。我的一首詩〈這一天，讓我們種一棵樹〉被印記成事件記憶的註腳。那樣的歷史，在高中的校園裡也印記在教室外壁的紅磚牆上，以槍孔的形式。而現在，以記憶的方式重現在歷史博物館的展示空間，一景一物都會撩起愴傷，因為那撕裂了許多人們的心。

一位在展場解說的志工，曾經在印記槍孔的二二八事件校園擔任教師。他說：高雄從前叫做「打狗」，而屏東是「阿猴」。歷史，要記憶那些消失的事。例如，有一段時間，愛河被曲意改為「仁愛河」以表態某種政治依附，從前的柴山，習慣被改為「壽山」，後來也被曲意改為「萬壽山」。但那樣的變動並沒有市民的認知，愛河仍然是愛河，而不是仁愛河。

高雄市歷史博物館的歷史，映照著鹽埕的記憶。

三

高中時代到鹽埕逛市街，也曾經大夥兒走過市政府後面的煙花巷。好奇的眼光，忐忑的心。不敢落單失散的同學們，感覺不好意思，又充滿好奇心。就像要探險一樣，也想探一探煙花巷，花柳弄的究竟。

比起七賢三路的酒吧街，市政府後面的風塵意味更濃重些。蜿蜒的巷弄似乎充滿危險，走經其間不只讓人好奇，也讓人害怕。擔心落單被拉進那神祕，似乎又是黑暗的店內。那不只是情色，而是色情。似懂非懂，就在妖冶的女人沿街攬客的氛圍裡。

出賣靈肉，說的就是當年同學們異樣眼光所探看的。而究竟是誰在看誰呢？異樣眼光又是誰的眼光？青春期過敏症的好奇與煩惱，隨著那樣的記憶消失了。

四

已經不存在了。

那時候，我們去「大業書店」買文學書。而「大業書店」已不存在了。

鹽埕的記憶很多，但「大業書店」喻示的文學況味是一種極為特別的記憶。

記得，有時候，是自己一個人在放學後，到「大業書店」看書、買書。法國作家A・紀德的一套書，是在那兒買的；第一本詩刊是在那兒買的；印度詩人泰戈爾和奈都夫人的詩集，在那兒買的；新興書店翻印的一些舊俄時代文學作品，法國文學作品，在那兒買的。

而「大業書店」已經不存在了。

那是一家書店，但有時候感覺它比現在的「誠品書店」更重要，因為青春時期的文學夢是在那兒點燃的。

鹽埕的繁榮已被愛河對岸不斷興起的新市區取代。儘管有一些老店仍然存在，記憶著昔日的風華，但一家文學書店的消失，意味了某種程度文化性的消失。就像仍然存在的

「大舞台」電影院建築物，但只關閉著。鹽埕的變遷中不能留下文化光影，使得這樣的舊市區缺少文化風景，因而不能像許多國家的都市裡，古城或老街仍然煥然另外一種光采。

五

「哈瑪星」源於日據統治時代海港沿線鐵路「濱線」（HAMASEN）而來，是鹽埕港區一帶的地名。高中時代，常聽哈瑪星足球隊的盛名，一位我同年代的女作家洪素麗，就是哈瑪星人家，讀過高雄女中、台灣大學中文系，後來旅居紐約，常常在國內報刊發表文章，她也是一位畫家。

昔日的海埔新生地，在日據統治時代造街，棋局式街道曾為繁華區。二戰時，美軍的轟炸讓哈瑪星殘破，但戰後，住民重建家園，許多哈瑪星住民經營遠洋、近海漁業，也有相當經濟實力，與昔日鹽埕風華相互輝映。

今天的哈瑪星，也是過去的記憶了。

在武德殿，日據統治時代遺留下來的古蹟，剛好舉行劍道比賽。來自台灣各地的劍道選手，在木質地板比劍踏步的聲音，傳來「氣」、「定」、「力」的修練之道，讓人想起從前修身、講究體魄的心境。日本詩人高村光太郎的〈路程〉裡：「父親啊，不斷添加父親的氣魄給我吧！」意味的似乎就是這些。

戰後，武德殿是國府憲兵隊進駐的場所，現在大多以古蹟的形式保留。武德殿的劍道比賽，呈現的歷史不只回到我的高中時代，似乎更回溯到戰前日據統治時代。

六

西子灣的中山大學是晚近才成立的，西子灣高地的原打狗領事館，現在既是歷史性古蹟，也因應活性展示經營而設置了庭園咖啡。環繞著原領事館的紅磚建築，咖啡座在上午可以看到西子灣的旭日，下午可以看到港口的黃昏。

坐在可以鳥瞰港口和西子灣的原領事館庭園咖啡座，看到船隻從外海進入港口，或從港口進入外海。在港口裡的船隻，吞吐著貨櫃，散裝雜貨、木材，從高雄連結到世界其他港口。

船隻的鳴笛聲，其實也喻示著到臨和離別，因為不只貨物，也有旅客。儘管旅行者已經改變為搭乘航機，但搭乘船隻的旅行似乎更具有旅人的風景，更具有旅愁。

原打狗領事館是比日據統治更久遠的歷史，在戰後戒嚴時期，這樣的港灣制高點叫做要塞區，只能想像不能親近。在我高中時代的鹽埕記憶裡，也只能想像。不是記憶的記憶，就在啜飲咖啡的時際浮現，就在參觀了原打狗領事館正展示的「五〇年代白色恐怖紀念展」的影像中浮現。歷史裡有愴痛的傷痕，也有平靜的往事，在咖啡的苦澀和香醇中。

七

回返的旅程常常是夜間飛行，連綿的山脈隱褪了，可以看到地面的燈光像是星火。帶著鹽埕的記憶，帶著高中時代的記憶，也帶著重新探訪的經歷，回到北地，像是翻閱人生的書頁，重讀的行句是過去，有許多新的行句等待去探觸。記憶會印記在心裡，而心裡也會有新的經歷成為後來的記憶。

——二〇一〇

有一天的東京記事

二〇一六年暑夏七月的一個周一上午，在東京JR新橋站，我們夫妻和蔡桑，依約要拜訪王育德夫人雪梅女士。已有一百年以上歷史的JR環狀山手線，仍然保有日本電影裡的懷舊場景，小津安二郎的況味。

選擇搭乘反時針方向的電車，會先經過東京車站。順時針方向的電車先經過的是新宿站，目的地是池袋站，王育德的女兒明理會在月台等候——她是一位用日文書寫的詩人，剛在台灣出版了一本台、華、日語對照的詩集《故鄉的太陽花》。她初次出版的詩集，以熟悉慣用的日本語書寫，獲知名的日本女詩人新川和江推薦。這似乎是一位流亡日本，二二八事件之後離開故土，終其一生未能還鄉的學者、文化人子女的宿命。

在月台等待的明理，因為在日本成長，像日本女性，極有禮貌地帶我們走出東口——這也是前往曾為流亡者的革命家史明落腳地的車站出口。一種熟悉的場景。已近中午，豔陽照在站前廣場來來往往的人們身上。在強光中，行色匆匆的一張一張臉，反映的是都市的步調。

之前兩天，我們在東京的台灣文化中心參與了以蔡瑞月為名的舞蹈活動。蔡桑以優美的日語引介節目，並述說蔡瑞月困阨的際遇。他也是我講述「藝術與救贖、苦難與昇華」的譯介人。曾在綠島有十年政治之難的他，與舞蹈家的困阨際遇有交會時光，從蔡瑞月的舞藝得到滋潤。他引介節目時，眼中有隱忍的淚，有時幾乎哽咽。溫文儒雅的形貌，就像許許多多白色恐怖時代的受難者。

我們先到途中的王育德墓園悼念，那是一座古寺，備有花束、清香，也有一口井可以取水澆淋在墓座。在日本的人生成為一柱碑石定置在方塊之地，但魂魄應該會回到他在台灣台南的家鄉吧！就像他全集十五冊著書：語言、文學與歷史的刻痕交織在他生前的臉龐。以六十二之齡辭世，他離鄉背井三十六年，超過半生的流亡。那段期間正與台灣戒嚴時期相疊，一種威權統治的印記。他就是歷史。

初見王育德夫人是一九八七年夏天，我們夫妻與詩人鄭烱明、民謠歌手簡上仁在一次訪美之行回台途經日本，一些台灣同鄉接風的晚宴。那時，剛宣布解嚴，海外台灣人對台灣政局的關心、對前途的期待，更為熱切。王育德夫人在一群旅日、在日的同鄉之間，年紀與女兒明理現在相仿，記憶中的姿容也相像。近三十年的時間，正是台灣後戒嚴的歲月。這期間，見過幾次面，但到東京的王家寓所拜訪，這是首次，彷彿要去拜見王育德，有一種由衷而生的敬意。

兒女都已成家，王育德夫人住在當年先生購置的二階洋房，十分精簡素雅的家屋。九十幾歲的她，神采奕奕。在小小的書房，小小的書桌上，仍然擺放著幾冊書。四壁的書架陳列更多的書冊，而大多藏書已捐給任教的明治大學。這些僅存的文物，即將回到王育德生前無法回去的台南，在他戰後初期任教的台南一中旁，會安置在一棟日式房屋裡，那麼，王育德的精神也會在故鄉安置吧！

王育德夫人拿出一只當年先生從台南經香港流亡日本，從香港帶出來的皮箱。光澤的皮革表面留著歲月的形跡，也留著難以言喻的流亡心情。還有家鄉帶來的一套圍棋，以及在東京添購的圍棋，是王育德先生和大學的教授朋友閒暇的娛樂。他在東京大學獲博士學位，算是彌補了戰前未竟之業。任教明治大學的他，也在琦玉大學、東京大學、東京教育大學（今筑波大學）、東京都立大學、東京外語大學授課，是一位語文研究學者，也是在日台灣獨立運動的導師。

王育德夫人相夫教子、兼具台灣女性與日本女性的特質，溫婉和善。她特別從衣櫥取出先生留下來的領帶，一定要蔡桑和我各選取一條，做為紀念，並回憶說，王育德從學校授課回來，常在車站選購領帶。在日本，教授西裝革履，都打上領帶，學者就學者的樣子。做為贈品的遺物應該也有精神傳承的意味吧！我這麼想，就收下了。

暑夏的熱天，王育德夫人特別叫了外送的精美握壽司，配著味噌湯，一面吃，一面交談。王育德在家中的生活況味重現在他的寓所。台灣的事情、日本的事情，似乎也交錯在一起。餐後還吃了水蜜桃、和菓子。異國的人生情景，生活風味，在流亡者和探訪者之間形成某種織錦或彩繪。一種已經過往的時代，成為回憶，印記在現時的場景，或會成為未來、明日的記憶。

一九二〇世代的王育德、一九三〇世代的蔡桑、一九四〇世代的我，在歷史的脈絡鋪陳著台灣三代人生風景。王育德因二二八事件流亡日本；蔡桑因白色恐怖繫獄綠島十年；而我，在二二八事件發生之年出生，彷彿從死滅中開展的生命。世代和時代，在戰後的台灣歷史，綿延一些生命的顏彩。這樣的歷史應該會改變吧！

告別王育德夫人，但記憶著一段歷史。從日本想像我們的國度，被葡萄牙水手讚呼福爾摩沙的美麗島儘管烙印著許多悲情，但也孕育著許多希望的種子。被時代的困阨阻絕在海外的王育德留下全集十五冊，一生心血為台灣；蔡桑的青春歲月，在綠島十年成為他人生真正的大學，見證了白色恐怖時代不死滅的心；我也在人生之路以詩文和論述敲打時代的音符。

從JR池袋站，我們搭乘順時針方向的山手線電車經過巣鴨站時，我想起了羈押第二次世界大戰甲級戰犯的巣鴨監獄。戰前許許多多政治犯也被關在這裡。一九七〇年代，監獄拆除，改建成包括飯店、商場的「太陽城」（Sunshine City），意味戰後日本的改變，也隱含著暗鬱的日本歷史。這樣的歷史不只在日本，也在被日本殖民過的韓國和台灣演變。歷史有糾葛也有開展。

如果我們選擇搭乘反時針方向的電車，這一天的旅程就會是一個圓。但我們從十一點鐘方位的池袋站要回到四點鐘方位的新橋站，重複了反向的一次旅程。東京站出現在視線時，我們都知道要準備下車了，還要回到旅館取寄放的行李，搭機回台灣，要結束一段在東京的停留。短暫的時日留下滿滿的記憶，這些記憶會在我們的心版印拓著，呈顯木刻版畫一樣的形跡。

——二〇一六

清明之憶，潤餅之味

清明時節的記憶，印象最深的是包潤餅。說包潤餅，更準確地說，是捲潤餅。這些記憶和後來定居台北的生活習慣，是不一樣的。台北人，潤餅是尾牙吃的，而從南台灣遷徙到北台灣的我，我們，家裡的四男一女，除了二弟，其餘都因求學、就業，成為台北或台中市民了，仍然保留清明時節包潤餅吃潤餅的習慣。

我的南台灣生活，是高中以前的事。父母的故鄉都在恆春半島，是恆春和車城，而我的成長是在高屏。父母結婚後，在高雄境內生下我和三位弟弟一個妹妹。我自認既是高雄人，也是屏東人。記憶裡的小時候，很少為了掃墓回到恆春半島。那時候，祖父母還在，外祖父已逝，但不記得小時候是否去掃過墓。而求學、就業北上以後，離開高雄，掃墓好像只是父母的事。

父親過世以後，葬在恆春半島的墓園，每年清明時節都和母親、一些兄弟和孩子南下掃墓。畢竟父親和孩子是相連的血肉，有特別的牽繫。而母親六十歲時，長她七歲的丈夫就離開人世，父親墓園曾在初建時雕砌了「恩愛半生，戀眷一世」的字句，可以想見，掃墓對母親來說，多麼重要！三十年了，這一年一度，掃墓時，母親在父親墳前的細語，那種深情的對話延續著他們胼手胝足，一起養兒育女的人生情懷。

記憶裡的清明時節，現在的清明時節，家人一起包潤餅，吃潤餅。既是過去，也是現在。母親把這當作重要的事，不只是慎終追遠，更是家人團聚在一起的宴席。在我們家，就算子女已各有家庭，仍然藉著包潤餅團聚，而且不只在清明時節，常常在母親想到的時候，就一起包潤餅。

南台灣的潤餅和北台灣不一樣。不只應景時間不同，用料也有很大差異。若說北台灣潤餅，常見的是燒肉、高麗菜、胡蘿蔔、豆芽、豆干、花生糖粉；那麼南台灣的潤餅，豪華多了，隆重多了，烏魚子、香腸、蛋絲、魷魚、肉絲小炒、豆干絲、芹菜末、蘿蔔乾絲、高麗菜、醮糖大黃瓜絲、豆芽菜、香菜、花生糖粉也少不了。

潤餅皮是必要的。母親知道哪個攤子的潤餅皮好，厚薄適度而且韌度要夠。小時候，母親會交代到哪個地方購買。清明時節，排隊購買時，看著製作潤餅皮的師傅，通常是歐吉桑。他一手拉拔著高筋麵糰，往前面的幾個圓圓大鐵平盤落置。一時之間，就可以拉起一張潤餅皮，反覆不斷。製好的潤餅皮堆疊在一起，隨後論斤秤兩，讓購買的人帶走。

最重要的是潤餅皮。好的潤餅皮不易破，可以包得扎實，吃起來軟潤。潤餅皮太乾，容易破。因為這樣，到哪買潤餅皮，是一定的，從前，在南台灣高雄的家，是這樣子；現在，在北台灣台北的家，也一樣，有時候，還會因為固定的商家未能供貨，改買了其他人的潤餅皮，而有掃興的經驗呢。

母親一直到現在，都九十有餘了，還是自己下廚房，料理潤餅的用料。看她去買菜、備料。從洗菜、切菜、烹煮，專注又細心。我們大大小小能幫忙的很少，聽命行事，參與最多的是：折潤餅皮、攪拌花生粉加糖，把泡軟的魷魚乾切成細絲。這時候，是母親的孩子們一面做一面聊天，見習的時間。

一盤一盤從廚房出來的潤餅用料上桌：蛋皮切成細絲，呈現的是明亮的蛋黃色；香腸煎熟煎透，切成片片，有撲鼻的香味；魷魚乾絲炒肉絲加蔥段，類似客家小炒；烏魚子炭火烤過，有酒香，切成薄片；蘿蔔乾絲炒蒜青；大黃瓜絲要瀝乾水分後拌砂糖；高麗菜清炒；豆芽菜清炒；豆干炒肉絲；芹菜末汆燙瀝乾……還有搗碎的大蒜，切掉根的香菜，真是琳瑯滿目。

這時候，家人就坐，每人面前一個大盤子。包潤餅、吃潤餅的樂趣就是：每個人自己也要參與。先是把一張潤餅皮從鋪了微濕白布巾下的盤子取出，放在自己的盤子。愛大蒜之味的人，先在潤餅皮上抹上一些蒜末，然後撒上一層花生粉墊底。花生糖粉除了可增加風味，還有吸水作用，可緩潤餅皮的濕化。母親的習慣是多加一些加了糖的花生粉，遺傳自她家族長壽傳統，吃甜吃得重也是她的特色，是年紀真大了才稍有改變。而我們也確實感覺吃潤餅多加花生糖粉，風味更佳。

接著呢？我們從小看著母親包潤餅，依序是從較少湯水的用料開始添加。例如蛋絲、豆干肉絲、蘿蔔乾絲炒蒜青、魷魚絲炒肉絲加蔥段、香腸、烏魚子；再加上高麗菜清炒、豆芽菜清炒、大黃瓜絲；然後香菜。每種用料要適量鋪成平板長方形，以便包起來形式圓滿勻稱，沒有經驗的生手是做不來的。

潤餅的大小，端看自己用料多少。包潤餅時，隨意取興，可以偏重適合自己口味的用料。但菜色選取仍有其道理。烏魚子、香腸、魷魚肉絲蔥條小炒，取其香脆；高麗菜清炒，取其清甜；豆芽菜清炒，也一樣；豆干炒肉絲和蛋皮絲，調味補實兼具；而拌砂糖大黃瓜絲，有清爽甜味；加上摻糖花生粉……若不適量取用，常常不可收拾，一張潤餅皮合攏不起來、爆了。相反的，用料太少，薄弱不堪的樣子，有如發育不全。從小，我們都向母親學習、觀摩她的方法。看看母親的表情，就知道是否及格，包得好，還會得到讚賞。

媳婦們參與了包潤餅，開始時，常常失手，另一半，我的兄弟們就會挺身代勞，提供最佳服務。母親說，她的兒子都疼某，不像她那個時代，男人不下廚房，動口不動手。看在眼裡，她羨慕，但並不一定嫉妒。看自己的孩子家庭和樂，她心裡應該感到欣慰。我們在台北，去母親那兒包潤餅時，大多是先包給太太吃。母親則是習慣自己處理，有時她還在大家吃完之後，把剩下的用料和潤餅皮包給未能參加的孫子孫女。我就常常帶給女兒阿嬤的心意。

清明時節，從前是追憶；父親逝世以後，有些感傷。祖父母那一代和父親，感受有別。包潤餅時，會想起父親在世時的情景。父親寡言，用餐時也沒有什麼話語。學生時代，從北返南過節，他關心的總是學業，兒女踏入社會時，關心從事的工作、事業。他是自己在外求職謀生，而非承續家產。我和弟弟妹妹，除了二弟以外，也是如此，但比起父親，承續自家裡的福澤要多些。大家一起在母親住處包潤餅時，父親同在的場景彷彿依然，但座位上已無他的身影。面對盤子裡包好的潤餅，心裡會浮上一些悵然之感。

這就是人生之味嗎？一家人聚在一起，追思祖先的清明時節，一起圍坐著包潤餅、吃潤餅。兒女們逐漸長大成年，而父母慢慢變化，包潤餅似乎也將生活的況味包在其中，也包容許許多多的回憶。一家人變成好幾家人，像這樣我們兄弟各有家庭，仍然常以母親為中心，在她住處團聚，在台北的新故鄉，和自己的孩子一起包潤餅、吃潤餅。想著他們她們將來也許傳承這樣的生活情調、人生情境，或，也許不再了。

看著母親在包潤餅，她把潤餅皮擺在盤子，抹了蒜末，鋪上一層花生糖粉，依序擺上用料。潤餅之味有清明之憶，也有我們從小到大，甚至邁入白秋期，進入初老的人生況味。用料擺好後，從內往外捲起，然後左右折疊，再整個捲起來。我們——母親的孩子和孫兒女，也像母親、阿嬤一樣，一個樣子包潤餅。圓滾滾的潤餅握在手上，就如同白色芳香的記憶，從手心傳到心坎裡。

一年一度的清明時節又到了，三弟已約了一起去掃墓的日子。我們都提早一週，以避開交通巔峰時間。從台北到高雄，再租車去恆春，在那兒住一晚，在不同的飯店或民宿感受父母的家鄉不斷在變遷，但仍保有的島嶼南方之南風情。核三廠的巨球代替了燈塔，彷彿沉重的土地上的負荷，而架設的輸電線電桿一路往北延伸，冬後春初的山坡地仍然枯黃，常常讓我想起父親的肩膀，他的靈魂就在半山腰長眠。

住在高雄的二弟，家裡都會準備潤餅。掃墓完後，從高雄搭車返回台北之前，就在那裡一起包潤餅、吃潤餅。傳承了母親的潤餅之味，但不盡相同。回到台北後的清明時節，我和家人仍然會到母親住處，在三弟的家，一起包潤餅、吃潤餅，再現清明之憶。這樣的記憶會流傳在孩子們的心裡嗎？這樣的滋味會流傳在孩子們的口感中嗎？我並不知道，但清明時節的細雨飄落在早春的風中，草木綻放著初綠的風景，在死滅中的復甦情境喻示著生命的自然韻律，綿延而不絕，像一首幽幽的歌謠，記述並吟詠著在時間的五線譜上呈繪的人生。

——二〇一五

3. 小說

流刑

沒有簡的消息，已經好幾年了。突然接著了家裡轉來的他的信簡，自然感到格外地驚喜了。

是在中午，我從任課的學校，因了睏倦而諉稱不適告假回到住處的時候。打開大門的信箱原是一種習慣的動作，不敢期望什麼的。卻那麼清楚地從收信者住址移轉過了的一封信簡，認出是簡的筆跡。

竟還記得我嗎？我迫不及待地開啟了信札，心裡止不住地自問著，差不多要大聲喊起來的，終也被閱信的專注的興奮之情扼抑了。

上了樓，我突然想到要去探望簡。就在那十分偏僻的山城裡，住著從都市隱沒的簡嗎？不只是這樣的疑問興起了我想去探望簡的心情，已經好幾年了無音訊了，到底簡變成怎麼樣了呢？我實在不能遏止自己逐漸熱切想要知道的心情的。

也沒有改變我從學校回來的衣著，只不過洗了一下臉，便帶了簡的信簡趕往車站，一時也忘了自己的困倦。到那個山城是要轉幾趟車的？究竟要不要辦理入山登記？也不曉得，我先是搭了公路局班車。想不到簡會住在中部，好幾年了，一點消息也沒有的。在車子裡，我又拿出簡的信簡：

李：沒有想到會收到我的信吧！已經好幾年了，怕已經沒有我這個人了，在你的經驗裡。

有許多事情是想像不到，像我，竟然會在這個偏遠的山城再和你聯繫。而，又為什麼我會在這個偏遠的山城呢？這裡又不是我的家鄉，又不是有著我的愛人。……原來，我們都有著美麗的夢；然而，我終於發現我們的美麗的夢，只不過是純粹的語言底思維罷了，因而也就難以在現實中發芽開花了。……我也就因此萎縮在這個山城，好像要把自己埋沒了一般的，將自己和外界隔絕了。……前幾天，無意中，在一本書上發現到一張寫有你家裡住址的字條，自己壓抑著的和朋友們互通聲息的欲求又萌生了，因而草就此信給你。望能及早到你手上。……簡X月X日

信簡也沒有特異之處，只是一般的通訊罷了。我卻一次又一次地，想從語言和語言的空隙間體會簡確切的含意，差不多到了能背誦出來的地步了。

車子突然慢下來，一些乘客驚愕的聲音使我也能夠看到路旁發生的車禍的景象，是一

部四輪朝天的國產青鳥轎車，許多圍觀的路人比手畫腳地圍在那兒，其中有些人在救助遇難的乘客，顯然是因為超速或閃躲什麼而在緊急煞車時發生意外的。因為在公路上，這種情形已經是司空見慣了，因此也不能引起我太多的感觸的。倒是車中的乘客藉著這事批評今日交通情況而發出的喧嘩聲，使我感到鬱悶起來。

又不能在車子裡假寐一下的。這種製作都極為精簡的普通車的座位和行走時的顛沛情形，只能給意欲假寐的行動增加折騰而已。因而，也就隨便想些什麼事來填充行程了。

當初，沒有了簡的消息時，大家是做了許多猜測的。因為正是服完預官役的時候，住在北部的許，力持簡出國去了的論調。對於簡平常聲言說他絕不出國而要在國內貢獻自己心力的事，許則藉以攻擊簡，說他只不過是唱唱高調罷了。正因為無顏面對自己的高調，因而也只好想留學考試以外的辦法離開了。

想來，要誤會一個人是多麼輕易的事呵！許又不在國內，不然應該即刻寫一封信告訴他說：簡還在國內，看看他如何收回當初他那大言不慚的指陳。

車掌小姐聲稱終點站已到的話，提醒了我。這是中部的N鎮，在省會的縣分。下了車，才發覺到自己還未吃過中飯，就在路旁的攤子吃了簡省的午餐。然後，到了客運車的車站，在票價表、時刻表上找簡住的地方的地名，卻奇怪未能發現。

問過了服務台的小姐，才知道：必須先搭往一個叫做M的地方，再轉乘另一個公司的客運車前去。碰巧也有了車子，因此並沒有耽擱多少時間。

這是比公路局班車更為簡陋的車子，行走的路面也不若省級公路那樣寬敞平直。路旁的景色，與其說是有著田園風的鄉村，不如說是起伏著丘陵地與河床的貧瘠景色，萬萬不是自然詩人所描繪的風景。

倒是從車窗中可以看到晴朗日光下的山脈，寧靜地連綿著，使人想起學生時代參加過的郊遊的情景。我一向是極其鄙棄若干人之耽於此項逸樂的，彼等假藉諸般健全身心之論調，只不過用來遂行其斷絕現實地帶的心志而已，更甚者，則懷有羅曼的幻想，欲以之為舞台。因此，也絕少參加過此類活動。

記得十分清楚的是：簡，我以及一些勤於思考的同學，私自在一個住著台灣先住民的山上，拍攝彼等製作得極為動人的木刻或織錦底照片的那一次。是從那一次探查，我才深深了解在所謂的台灣藝術底範疇內，彼等的地位與分量。因而，也就深深鄙視在首善都市的一群以外國遊客的愛惡做為演變依據的畫家們。比起後者那種作偽的、勢利的作風，先住民那種狀似笨拙的藝術，實在是更具有文化價值的。

畢業以後，更沒有參加登山郊遊的興致了。雖然，任了教職以後，也常遇到學生要求前往登山郊遊的建議，但考慮了許多旅途安全上的理由，都是儘量勸阻他們的。

突然從車窗中又看到寧靜地連綿著山脈，也不知為什麼，竟興起似鄉愁那樣的感受來，真是令人料想不到的呵！

車掌小姐應允了我上車時要伊到了M地時提醒我的事，極有禮貌地告訴我：已到了我要來的地方。連同我，M的地方也下來了許多乘客，另有一些新乘客則搭乘未竟的路程。

M這個地方，給人感受極為純樸。建築物都不太高敞，大多是用紅磚砌成，形成一種十分穆肅的色澤。下車後，走了幾步便發現到一個招呼站，標示著開往山城的另一家客運公司的名號。

約莫等了幾刻鐘，才來了一部開往山城的客運車，除了我以外，又有許多購買了雜貨的旅客，敢情是商人什麼的。車廂裡，放置許多旅客攜帶的物品。他們都極為熟絡地交談，且不時把眼光注視我這個異鄉人。

我在想：簡住在這個山城是做些什麼事呢？學校教師？山產商人？實在也摸不清他搞什麼把戲。如果是學校教師，都市也有可堪就任的位置，何必跑到偏鄉的這個山城來呢？況且，以簡這樣熱切知道諸先進國藝文景況的人，都市實在具備更多容留他的條件的；山產商人？顯然，他不是搞買賣的料子，以他這樣的年輕時代在同人雜誌寫過詩的個性，斷不會就這樣開始他發財的夢想的。

車子行走在碎石子路時，我一直在想像簡的現況。比起其他同學來說，我的境遇已經是極其落魄了；大約，簡也沒有什麼輝煌的業績吧！因了這，我不禁感到淒涼起來。當初，簡和我是被看好能有所作為的，不想，其他人都稍能在現實裡適應之時，簡及我卻反而被現實的潮水淹沒了，難道說，物競天擇的律則需要新的詮釋？

車子停在派出所的大門口的終點站，全部的旅客都準備下車。一個警察站在辦公廳前注視著這一切，並與一些旅客打著招呼。下了車，我逕自往派出所辦公廳走去，極有禮貌地向站在那兒的警察說：

「請問，XX村XX鄰XX號大約位在哪個方向？」

「你有什麼事嗎？找人？」警察先生和氣地回答我說。

「是的，我想找個朋友。」這個警察先生的態度，使我感到頗可信賴，因而，幾乎不假思索地答覆了他。

「你的朋友是本地人或是外地人？叫什麼名字？」

「是一個叫簡XX的與我年紀相當的人。」

「喔！是簡XX，你和他是什麼關係？」

警察先生這樣瞬即地察知了簡，使我頗為詫異。當然，這是一個範圍極小、住戶不多的地方，很容易掌握到居民的動態的，尤其是警察機關兼辦著戶政業務。但是從他問及我和簡底關係的表情看來，似乎簡並非默默無聞的人。

「是大學時代的同學，許久不見了，特地來看看他的。」我只能這樣回答他。

「嗯。……你從這條街直向前走，到了橋的地方，不要過橋，往左邊繼續走，那兒有一家木材工廠，就在那附近。到那兒，你再問一下，就知道的。」

稱謝過警察先生，我便照著他所說的路線一直走。過橋前，轉往左邊，馬上看到一家木材工廠。鄰近時，我問一個工人模樣的年輕人：XX號是哪一家。他手指著一幢舊式農家的四合院建築，示意我，就是那兒。

四合院建築的中間空地是曬穀場，有許多小孩在那兒嬉戲，一看到我走進，都停下來，其中有人叫出他們的家人。

「歐巴桑，請問一下，你們這裡有住著一個叫做簡XX的人嚒？」當然，我是用閩南語問那個被叫出來的婦人的。

馬上有小孩子跑向西廂房去。幾乎在那個婦人面呈笑容地說「喔！簡老師喔」底時候，簡就出現在西廂的一個門口了。

驚奇地相互見著了，他和我都趨步向前，熱烈地握著手。

「你怎麼來的？」簡詫異地問說。

「中午接到家裡轉來的你的信，我在T市嘛，一想：離這地方並不很遠，來看看你也好。」

「來來，到我房裡坐坐。」

簡似乎蒼老了許多，這種年紀的人原不該讓人有這種感覺的，因此看起來益發明顯了。他穿著汗衫和短牛仔褲，足拖木屐，很自在的樣子。房間約莫七、八坪大，也擺著爐台炊具等東西，此外則是書架，堆積著許多書籍。陳設極為簡樸。

我們都坐下時，有一陣沉默，好像不知道說些什麼才好的樣子。還是簡先開口：

「你在哪兒高就？」竟是這樣的客套話。

「教書嘛！也沒有其他適合的工作。」這樣回答他時，好像感到十分委屈。

「這也是一條路。……」簡笑著說，非常冷肅地。

這時，我看到我坐處旁擱著一本英文的屠格涅夫的文學回憶錄。我順手拿了過來，在扉頁上發現一個熟稔的簽名。簡看著我說：

「是伊寄到家裡給我的，上個月回去拿到的。」

簡所說的伊也是班上的一位同學，是個極為善美的女子，以前便一直善待著簡的。大概是我們退伍後，就聽說伊出去了的。簡的不欲出國，多少給了伊一些打擊。沒想到：他們仍然保持聯繫，也真是個多情的女子。

「屠格涅夫有本書叫做《父與子》，這你知道的。他的文學回憶錄中，有一篇談到這部作品的文章。你知道這部作品的主角巴札洛夫，就是日後被稱為虛無主義者的化身的。不過，屠格涅夫自己對於別人把巴札洛夫和羅亭看作同樣的典型，十分感到疑惑。因此，他說：一個作者心裡想些什麼，他的喜悅與悲傷，他的願望，成功和失敗到底怎樣。——關於這些，批評家們大抵是無法十分正確地想像的。」

老實說，對於屠格涅夫，我是不太了解的。雖然，我也看過他的一些東西，對於他那貴族出生的背景，對照著另一帝俄時代的作家托斯妥也夫斯基的悲慘境遇，毋寧說是有些厭惡他的。

「伊現在怎麼樣了?」我並沒有和他談屠格涅夫，而這樣問他。

「碩士學位早就拿到了，現在攻讀 Ph. D，似乎針對著英語系詩人龐德的作品在做研究呢。龐德——這個被人以精神病的名義才洗脫了罪狀的傢伙。」

末尾的一句，彷彿加重了口音似的，令人感到特別突出。對於伊的近況，他似乎十分了然，不過，也沒什麼進一步表示的。

「你還寫點東西嗎?」

「已經不發表東西了，寫還是寫。不過，對於此間文學界景況，我是徹底地感到失望的。對於以往我自己所發表的拙劣的東西，更是這樣。」一下子，他似乎極為尖銳地表達了他的心志。

我一直想找適當的時機，將話題轉到他了無音訊的這段時期的究竟。然而，他似乎也極不願談到這件事的。這使我更加納悶起來。

「你是怎麼到這山城來的?」我說。

「這地方，從前我曾和伊來過，當時也並不很喜歡的。但，年前的時候，我突然想到這個地方。是事隔好幾年之後了。因此，也就冒昧到這裡唯一的一所國民中學毛遂自薦，正好也有缺懸的教職，就這樣一住下，轉眼一年了。」他以平順的口氣繼續說：

「因為，這個地方似乎也很適合讀書和寫作，所以，一年間很快地就度過了，絲毫也不感到煩悶呢。」

說完，他從抽屜拿出一份標示著「愛與死的諸觀念」的原稿，大約有十幾萬字吧！是對一些作家、藝術家作品思想的分析。

「也唯有在這樣的地方，才可能在一年之間寫出這樣的東西吧！」說著說著，牽強地笑了。

面對著他的作品，我才感到自己的生活是如何的空白了。幾乎是在苟延性命的情況之下的，我那日復一日，鉛版複印一樣的生活充塞著的欺罔性，實在也令自己吃驚的。

簡是在任何情況之下，都能把握到生底重心的。因而，在這山城的退隱生活裡，他也能從事經由語言所進行的建設。比起簡來，我是多麼一個儒弱的人，只不過在慢慢地耗盡自己罷了。

我把原稿還給他，不經意地說：

「這裡出去的車子，最遲在什麼時候？」

「怎麼，你不在這兒過夜啊！」

「下次再來的時候吧！何況，明天還得上課呢。」

簡是知道我的，因此也沒有說什麼客套話，就送我出來了，末班車大概在日落前就開出，日落後，山城和外界便沒有正式的班車通行。

這時候，夕陽從離山城很遠的另一面映照著，簡和我走著的街道，籠罩在暮靄下，可以感覺到飄浮的雲也低垂著他們的身子。

走到派出所大門口的候車處時，又看到初抵時見了的那位警察先生，他點頭和我們打招呼，簡和我也回以禮貌性的點頭。

車子來了，下了許多返抵山城的乘客。上了車，我才感覺到車廂裡很冷清。簡和我，從車窗互相握手。車掌的哨音響起後，車子把我帶離那地方，我看到簡在那兒揮手，一直到那兒隱沒在視線裡。

——《情事》

有一天的記事

吃過早餐不久，突然下起雨來。我站在窗口，看著在雨中行走的幾個路人。雨似乎還不大，大部分行人都不帶傘。雨會下得更大嗎？也許不會吧！但看起來天氣是不會好起來的。我這樣思忖著。

那天，在學校裡，碰著了唸社會系的陳君他們。他們發起一個訪問調查計畫。陳君說：

「葉老師，您要不要一道去。這次訪問的對象是一些私娼呢。」

陳君的話一下子便極為迷惑我。他們一向也極為知道我這種對若干社會問題敏感的性格。雖然我是唸文學的，但和他們系裡的同學相處得十分融洽，一直很受他們敬重的。

「得看我是不是有課！」我說。很不想失去機會，我接著又問他們：

「是哪一天呢？」

聽了他們的回答，正好是沒有課的日子，我當時就答應了。我並且要他們別忘了到住處約我。

就在那一天晚上，就寢之時，我一面摟抱著妻，一面告訴伊這件事。伊聽了之後，轉過身去，撒嬌地說：

「不要理你了！」

我知道，伊在莫名其妙地吃醋了。伊是個極為熱情的女人，在伊還是妹妹底同學時，有一次，碰見我約了系裡的一個女助教吃飯，伊竟不打招呼便避開了。結了婚後，我提到過這件事，伊說：人家不要你跟別人在一起嘛！

「好了，好了，吃什麼醋！」

我一直哄著伊，伊這才又轉過身來。這時候，突然覺得一團火徐徐從胸口燃燒開來，也就褪掉伊的睡衣。在薄薄的燈光中，我發現妻的身體一日比一日豐腴起來了。

雨似乎下得更大了，路上的行人都撐著傘。陳君他們不會來了吧！我離開窗口，坐到沙發上，從茶几上拿起昨日的報紙，很無聊地隨便翻閱著。

妻這時候仍在廚房裡。伊是個極有潔癖的女人，常常把家裡整理得乾乾淨淨的，尤其是廚房。我一面看著報紙，一面想：陳君他們來嗎？一面想：要是已經有了孩子，那多好！

我看了一下掛鐘，時間還沒有到呢？我竟這樣焦急起來！一定是因為下了雨的緣故。

這時候，我突然很想著妻，好像不見伊已很久了。

「葉子——」我大聲說。

「什麼事？」

妻從廚房裡跑出來，伊圍著一襲白色的兜巾，一雙手似乎還忙著。我仍坐在沙發上，默默地望著伊，也不知道有什麼事。

妻又走進廚房。過了一會兒，伊才出來。

伊走過來，在我旁邊坐下。伊說：

「那些學生還會不會來？」

「如果改期了，他們也會來通知一聲吧！」

伊還希望最好我沒去。從伊的表情，我看得出伊有點擔心。做妻子的，都對風塵中的女子有一種恐懼，伊把那些女子當作敵人，害怕自己的丈夫被引誘了。

我把伊的身子擁過來，伊起先是有些疑惑，繼而便也熱情起來了。

訂了婚以後不久的事吧！那次是到一個有溫泉的山上去旅行。本來也沒有想到要住宿的，後來不知怎的，竟住了下來。

在泡溫泉的時候，伊第一次把身子裸露在我面前。伊有一張很好的身段，在濛濛的蒸氣的氛圍中，看起來尤其誘人。

一個女子，會把自己的身子坦然地呈露著，只有對自己的愛人吧！或說是對已經和自己有了婚約的人。當然，這是指一個女子打心裡心甘情願的。

也就在那晚，和伊第一次做那事的。大約是由於有了比較正式的關係，也因為泡過了溫泉，才很自然地發生的。也就是在那一次，便深深地感覺出伊的激情的。

不急著要小孩也是伊的意思。這樣的話，新婚時期的激情生活比較不會被打斷吧！我看得出家裡的人似乎很不習慣這樣的事。然而伊堅持要這樣，我也只好依了。

結過婚後，就在任教的學校分配到一棟宿舍，因此始終沒有和父母一起過大家庭生活，妻因而也不必擔心公公婆婆的嘮叨。這樣的生活，似乎更適合我們呢。

我常常在下了課，一進家門，便摟抱伊。甚或極為熱情起來地接觸著伊的胸。我喜歡去感覺伊的乳房，彷彿活生生的生命的質在那兒起伏著，顫抖著。像是極為鮮豔瑰麗的花兒呢！當伊裸著胸，伊的堅實的乳房便燦爛地在空間裡據有一席之地，成為一種確實的存在物呢。

這就是所謂的愛的動物性一面吧！

伊和我並坐著，等待著陳君他們。這時候，我們也是極其熱情地享受著肉體所散發出來的感覺的芳香的。

陳君他們按門鈴的時候，妻才正襟危坐起來。伊用手挪整伊的長髮。陳君他們一行四人，包括林君、郭君以及江君。他們撐著傘站在大門口。我打開門的時候，陳君說：

「沒想到會是下著雨的天氣！」

妻也和他們打著招呼。伊拿著舊報紙，站在玄關內，報紙就遮著伊的胸口。我看到伊的臉在陰沉的天氣裡露著伊慣有的微笑。

我和陳君手撐著一把傘，一行共五人。我們在雨中走著，宿舍區的路上，偶而也見到撐著傘的行人，但每一戶似都緊掩著門，雨水把紅門都擦洗得異常光潔，照映著突然使人感覺雜蕪起來的長草。

我們默默地走著，有一會兒之後，陳君走近林君，告訴他說：

「林，錄音機的電池經得用吧！」

「沒問題，我還帶了備份電池。」林君說。

「那——錄音帶呢？」

「够的，够的。」

聽陳君說過，他們剛結束一個有關省城某地帶違建戶的調查報告。在那陣子的訪問，他們對於此間住的問題的一部分實際困難，有了極明晰的認識。令人吃驚的是，某些人家的低收入程度，似乎難以令人相信的哪！

這次有關私娼的訪問，聽陳君說，是他們四人一系列的社會調查底一環，他們主要是想從這個訪問中，尋求出有關操皮肉生涯的一部分苦命女子底抽樣。而他們所選定的對象是省城一條名為福音街的一些娼寮。

「當然我們已經告訴過那些選定訪問的娼寮底主持人，我們這樣的訪問絕對與有關單位無關。」林君說。

據我私下所知，此間操此生涯的女子，在女性人口比例上是很大的。有極詼諧的笑譚傳播著，這個笑譚運用了類似統計學的方法而求得了暗操此生涯的女子人數，的確頗使人驚訝的。就以其中一部分來說，全台的旅館數目乘以房間數再加以折扣，便隱約看出了應召女郎的數目。的確頗使人驚訝呵！

「據我所知：省城便存在著以中年以上的婦女為主的私娼寮呢。」陳君說。

關於這種現象，我也曾聽過別人提及，據說彼等有時候竟至仿效起商品販賣的競銷方式，而在極低微的代價中再以一包新樂園香菸做為回扣呢。而彼等圍聚在私娼寮門前的景象，有一個描繪，我還記得的：就像某些養老院裡的日常小聚。就是被描繪成那樣的。

「對於諸如此類的取締或是救濟，情況怎麼樣？」我說。

「我們曾經訪問過警察機關及社會局的有關人員，大體上來說，取締或救濟是持續不斷地施行的。不過，問題的癥結在似乎不能這樣簡單地就獲得解決。」陳君說。

「笑貧不笑娼，似乎說營娼已經有了極好的收入。不過，也不能一概而論。以私娼來說，因為是最下層的營娼者，所以仍然是極為勞苦的。加以，各方面的剝削，凡此種種均構成了私娼的問題。」

陳君說完了話後，林君接著又這樣說。這時候，我們已經來到靠近福音街的一條街口，二座建築得極為宏偉的教會就映在眼前了。約莫佔了四條街所圍成的一塊坪數極多的地方。其中有一座，年代可能很久遠，或許是荷蘭人入據時代的建築，不然就是日據時代的建築，是以紅磚築就的；另一座則為極現代化的建築，都是屬於基督長老教會的。

教堂的尖塔，在雨中看來，似乎緊攀著天空，灰暗的天空。尖塔頂的鐘靜默地張架著，好像是啞巴的嘴。我不禁感到滑稽起來。就毗鄰著暗澹的省城的爛毒，教會的建築也將暗澹起來吧！

基督徒的郭君和江君似乎也感到有些不和諧，我看見他們抬頭望了望教堂的尖塔，然後低下頭，有一會兒，江君說：

「宗教對於許多社會問題實在還有許多力有未逮的地方啊！」

聽了江君的話以後，我再轉過頭看了教堂的尖塔，相隔不遠的真耶穌會教堂也映入了我眼底。那是一個據說做彌撒時要號啕大哭以示信仰的真誠底教會，幾位知名的藝術界的贊助者也參加了的一個教會呢。

聚集著私娼寮的街道，被命名為福音街，斷不會是因為私娼帶給省城什麼福音而致如此罷！城市的政府當局必然是因為鄰近矗立著省城的兩座著名教會，才做這樣的決定！可是福音街實在並沒有教堂，而是以私娼名聞省城的一條街道，這樣說來，到底被視為福音的是什麼？倒成為耐人尋味的課題了。

我這樣想著，不知不覺已經來到可以不斷聽到叫喚之聲的街道了。

「來坐啦！人客，進來玩啦！」

這樣的叫喚聲，從兩旁簡陋的木屋中傳出來。伊們三三兩兩地聚坐在進門的地方，一方面招著手，露著笑容，甚或壓低著胸口的衣服或提上裙的下襬。

陳君對我笑了笑，似乎想說點什麼，可是沒有。我們在一處私娼寮門口停下來。一個婦人出來，伊見了陳君，笑著說：

「下雨天，以為你們不會來了呢。」

陳君、林君、江君他們把傘落下來，我們在婦人的接待下魚貫走進去。坐在門口的女人們楞楞地望著我們。

陳君告訴婦人說，我是他們的老師。婦人向我行了一個約莫三十度的禮。然後，我看見陳君面遞了一個紅色的賀禮信封給婦人。

「不必啦！不必啦！」婦人推辭著。

「一些小意思，請收下。」

婦人聽了陳君的話以後，便收下了紅包。伊招呼我們坐在簡陋客廳的座椅上。

「阿枝！阿香！美娜！」伊喊著坐在門口的女人：「你們過來一下。」

「來了。」

只聽見伊們的聲音傳過來，伊們也來到面前了。

「這些人說是什麼研究社會問題的，不要緊的人，你們三個人就在這裡和他們談談。反正是下雨天，又是上午。」婦人說。

「妳們也請坐下來吧！」陳君說：「今天，我們有些事情想麻煩妳們。是一些問題，要請妳們回答一下。」

伊們各自找了一張椅子，聚坐在一塊兒，好似感到很奇怪似地，望著大家。

林君這時候在準備錄音機，江君及郭君都拿出小記事簿，握著筆，不知在書寫什麼。

「這位是？」

郭君依次問著伊們的稱呼。阿枝、美娜、阿香。叫做阿枝的女人把伊們的稱呼告訴陳君。

「等一下我問妳們問題的時候，請盡量把實在的事情告訴我們！」陳君說。

實在簡陋得很的地方。擺設、裝潢可以說一點都沒有的，就如同貧戶人家一樣，從做為客廳的地方可以看到一條甬道向裡面延伸，而甬道旁有一扇一扇的門。

「林，好了嗎？」陳君也拿著一本記事簿，他似乎已準備好要進行一切。

「OK！」林君說。

陳君咳了一下喉嚨，我看得出他吞了一口氣。我們都望著他，等待他宣佈什麼似的。

「請問，你們是本地人或其他縣市的？」陳君說。

叫做阿枝的那個女人，伊看了一下另外兩個同伴，伊說：

「我和美娜是別地方來的，阿香家就在本地。」

「那妳和美娜是哪個縣分的？」

「美娜是南投人，是南投的霧社人；我是苗栗人。」

阿枝彷彿伊們的代言人。伊總是先看了一下阿香和美娜，也看了一下我們。

錄音機的音帶轉動著，林君手持著小麥克風。停止說話的時候，他便按下一個白鍵。

郭君和江君則在記事簿上寫著。

究竟這種職業不只無法撲滅反而呈現氾濫現象的原因是什麼呢？據說，台灣逐漸成為外國遊客，尤其是日本人觀光的熱衷區域，有一部分原因是緣於廉美的娼妓事業，這種事業竟至也成為外匯實績的一部分功勞者呢！那麼說，應著外國遊客的日漸增多，其所氾濫的原因也很明顯地表示出來了。

一向也有許多有關禁娼的建議，透過輿論或有關部門反映著。彼等認為公娼制度之所以存在，乃是標榜為文明的一大恥辱，並以某些鄰邦為借鏡，指出其可行性及必要性。但是公娼之外的為數頗眾的私娼呢？廢除公娼制度之後，是否將使得私娼的猖獗情形更是嚴重呢？

陳君的訪問，在我思考著一些盤據在腦中的問題時，不知不覺已經進行有一陣子了。待我又注意了他們的問答時那個叫美娜的，伊正在說：

「——我已經離開家兩年了。家裡也常常回去，我做這樣的事對家裡的經濟情況雖然沒有很大的幫助，不過，也可以解決一些困難。雖然，我也想到要做別的事，譬如當女工，但是總感覺有一些困難。」

「妳認為使妳感覺困難的是什麼呢？」江君說。

「習慣了某種事情以後，很難改變。……」

「是不是當女工錢賺得少？」郭君說。

「也不知道是不是因為這原因！」美娜說。

「我們也沒賺很多錢！」阿枝說。

某些論理認為娼妓制度實在是女權的一大障礙，因為在這種交易行為中，無形中將女性視為一種貨品，使女性無法昂首闊步。彼等的一部分意見，認為經由性的開放，使男女立於一個水平關係面，是改善女性地位的必要途徑。換句話說，性的關係必須是順延著情誼的結果，雖然寄託在婚姻契約的性關係是最理想的，但並不是唯一被允許的。

這樣的意見很少被反映到此間來，即使某些以提倡女權運動為務的女性，也很少表示這樣的意見。國情不合的原因吧！性這種問題，一向是被忌諱著，被大多數女性和男性當作醜惡的事態而掩藏著的，雖然他們也實行。因了這種道學的壓力，國人只好成為性的兩面人。

果而這樣的話，娼妓問題欲獲得改善無疑會成為一種悲顧，成為一種空中樓閣式的理想，所有的調查資料也會成為懸空的稻種，無法希望它長出秧苗來呢。

我們準備離開的時候，我又見著了一個客人被帶進甬道旁的房間裡，還是上午哪！而且又是下著雨的天氣。那人有些羞愧地不讓我們看到他的臉。

陳君將備妥的小數目金錢分別遞給伊們，伊們推辭著：

「不要啦，不要啦！」

陳君堅持著要伊們收下紅包。

「那就多謝啦！」伊們說。

離開的時候，婦人和伊們說：

「再來啦！」

陳君和我不禁笑起來。

雨似乎下得越大了，雖撐著雨傘，雨水仍然濺著襪管。街道陰沉沉的，而且感到有一點冷。我們一直默默地走著，有一會兒了。我才向陳君說。

「別忘了整理好了以後，給我一份你們的紀錄。」

「葉老師，你要不要在調查報告的建議欄提供一些意見？」陳君說。

「不必了，不必了。」我說。

和他們分手，回到住處的時候，已快中午了。妻端出伊已經做好的飯菜，我也感到餓了。吃飯的時候，伊一直望著我。我知道伊有話說，伊總是那樣子的。

「今天的事情怎麼樣？」伊說。

「我沒有參與，只不過一道去罷了！」

「為什麼？」

「想念著妳呵！」

「你壞死了！」

妻這樣說。挑起嘴角，充滿著撒嬌意味。而我咀嚼著妻做的美味的飯菜，一面也因為想像著吃了中飯以後，把伊摟在懷裡聽雨聲敲打著玻璃窗的午睡的時辰而浮起笑靨來。

——《情事》

咳嗽

阿秀想要回娘家一趟，是昨晚的事。

吃晚飯的時候，婆婆不曉得為什麼，向坤樹發牢騷：說她沒有好好打點她的素食。阿秀默默地望向他們母子，飯就沒有好好吃了。

在廚房洗碗的時候，阿秀偷偷地掉下眼淚。她彷彿聽到，在客廳裡，坤樹忙著向他母親賠不是呢。

就寢的當兒，阿秀把一肚子的委屈向丈夫訴說。原想坤樹會好好安慰她，想不到坤樹只是要阿秀以後多加注意，要好好服侍老人家。

丈夫睡去的時候，阿秀張著眼睛睡也睡不著。月光從窗口照進來，田野的蛙鳴嘓嘓地響個不停，一股濃厚的鄉愁，趁著阿秀不快樂的當兒，瀰漫在她心胸中了。

吃過早飯，阿秀當著坤樹的面，告訴婆婆說，她想回娘家一趟。

「好些時候沒回去了吧！」婆婆看著阿秀，又看了一下坤樹。

「反正田裡也沒事，就讓阿秀回去一趟好了。」坤樹告訴母親。

阿秀的婆婆交代坤樹一些自家種的蓮霧要媳婦帶回去，交代阿秀要問候親家。交代這，交代那的，使得阿秀也感到不好意思起來。

憑心而論，阿秀覺得坤樹和婆婆待她都很好，只是有時候，做婆婆的有些嘮叨；而坤樹又一味護著母親。不過事情過後，便沒有什麼了。

阿秀嫁到坤樹家，只不過四個月。

「阿秀啊！你一向在家裡被疼惜著。嫁給坤樹後，我們家人口簡單，平常只有我、坤樹和你。你可擔著重擔喔！」

那時候，阿秀心裡正喜愛著坤樹的憨直，和他扶持弟妹唸書的一番精神，一點都不在意什麼苦。

「我會好好做的，您放心！」阿秀這樣向坤樹的母親說過。

畢竟是和婚前在家中當么女有許多不同，阿秀因此有時候會怨艾起自己的勞累來。

坤樹採了一簍蓮霧，正在替阿秀包捆著。

「坤樹啊！你載阿秀到車站去，路上要小心，慢一點！」坤樹的母親說。

阿秀揀了一件陪嫁過來的春裝穿著，臉上也薄施脂粉，有些羞赧地向婆婆招呼過後，就坐上坤樹的機車，直往客運車站去了。

坤樹一直搭她到客運車來，還塞給她四百元。

阿秀搭上客運車，車子開走時，才見坤樹騎著機車回去。兩旁田裡的秧苗正是新綠的時候，客運車顛簸著，阿秀的心感到逐漸離開丈夫的家而向著自己娘家靠近了。

阿秀祇唸過初中，坤樹則因為當時家境不好，靠母親維持家計，唸過小學以後，就輟學了。

媒人介紹坤樹的時候，提到坤樹並沒能好好讀書的事，也強調坤樹這個人如何篤實，怎麼體諒母親，怎麼共同奮鬪，使得一個弟弟和一個妹妹都能唸到大學。

阿秀就是因為這樣，對坤樹抱持著好感的。阿秀的母親也在旁說了許多好話，更使阿秀決心要嫁到坤樹家。

可是，阿秀原來到底被疼惜得很的，到了坤樹家後，有時會感到自己的重擔不勝負荷呢。

譬如說田裡的工作吧！雖然事事都需雇用工人，但經營著七分多田地，也夠她忙的。婚後不久的一次收割正是天冷的時候，阿秀就深深地吃過苦頭的。

平均阿秀每個月都回去娘家，因為這一向正好插上秧苗不久，家裡事忙，所以拖了些時，今個，她坐在客運車上，心裡有些因為就要見到自己母親以及家裡的一切而愉悅起來。

阿秀的家是離夫家約莫七里外的村落，正在客運車的一個路線上，不過要比夫家的村落熱鬧多了，人口要多得多。

熟悉的景物從車窗出現時，阿秀就把帶的東西挽在手上了。客運車一停，她頗為興奮地下車。雜貨店的熟人一見到她，就向她打招呼。

「阿秀啊！回來啦！」

阿秀頻頻和村裡的熟人點頭，一路走回家。

阿秀的母親正在屋後，一聽到阿秀喊她的聲音，跑過來了。

「正念著你呢，今天早上吃飯的時候，你大哥還說，阿秀好久沒回來了呢。」

在客廳裡，阿秀的母親接過女兒帶來的東西，打量著女兒，目光落在阿秀微凸的腹部。微微地笑了。

「親家母好嗎？」阿秀的母親說。

阿秀只是笑了笑，沒說什麼。

「坤樹呢？」

阿秀點點頭。

「來！幫我抓一隻鷄。」母親說。

「不必啦，不必太麻煩啦！」

阿秀竟跟母親客氣起來了。

「說的哪兒話，家裡的人也要吃啊！」

母親說著，就逕往後院走去了，阿秀跟著她。

「你看，這麼多。這些小的，還是為你準備的哪！」

阿秀因了母親這麼說，而臉紅起來了。

中午，阿秀的大哥、大嫂也回來了。吃飯的時候，談著日前從城裡回來過的二哥他們，家裡充滿了快樂的氣氛。

吃了中飯以後，約莫休息到四點，阿秀的母親要到菜園裡去一趟。阿秀也一塊去。許久沒有見到自家的園地了，母親辛辛勤勤的樣子，使阿秀看在眼裡，感動萬分。

「你爹在世的時候，最愛吃蘿蔔了。」

阿秀的母親一邊拔著園裡的草，一邊說。

望著母親彎著腰拔草的身影，母親的勞苦使阿秀也連想到坤樹的母親，兩個因死了丈夫，不得不挑起大樑的婦人，實在說有多苦就有多苦。

「在坤樹家，過得慣嗎？」

阿秀的母親還是一面拔著草。她的聲音很溫柔的，輕輕地，出自肺腑，給人一種溫暖的感覺。

「過得慣的。」

阿秀想到昨晚受委屈的事，本來想抱怨給母親知道的。可是，就說不上口。

「苦了你了。」母親說。

「不會的，媽。」

阿秀忍住自己心裡感受到的委屈。她覺得這一點點小事，沒什麼的。比起媽經年累月不停的工作，一點小小委屈，又算得了什麼呢。

「坤樹的母親也是吃苦過來的，你可要多為她打點。凡事要多為她設想。」阿秀的母親說。

漸近黃昏，田野裡在薄暮中顯得一片寧謐。阿秀覺得坤樹的母親和自己的母親有些相像。

「坤樹他媽聽說不下田後，改吃素了，是嗎？」

阿秀的母親也不知從哪兒知道的，這麼向阿秀問著。

「是啊！」

「那你更得注意了，要多費神啊！」

「我會的。」

回家的路上，阿秀的母親叮嚀著她，要好好保重自己的身體。田野的小路上，阿秀和母親一道走著。感覺到母親的一片慈祥愛意。

「現在不是一個人了，冷暖要多加注意才好。」

阿秀因為母親的這一句話，臉又紅起來了，就像是被黃昏的太陽照射著一樣。

吃了晚飯，阿秀和母親以及大哥、大嫂和他們的孩子坐在院子裡，星空下聊天，孩子們的嬉戲聲，給交談的話語增加歡樂的氣氛。

稍後，大哥、大嫂他們看電視節目。阿秀仍和母親坐在院子裡。星月光亮著，大地的蟲鳴演奏著和諧的音樂。

就寢的時候，阿秀和母親同床。

還沒有嫁到坤樹家之前，阿秀一直都和母親同床的，彷彿是一個愛的巢穴，阿秀的婚前生活，就這樣在母親的照拂之下的。結婚以後，母親就孤單地一個人了。

偶而回家，阿秀都會從和母親同床而眠的這件事，體會到她眷戀的母愛的意義。今晚，阿秀也一樣，躺著，可以感覺到的身邊的母親的體恤，彷彿又回到以往的生活了。

母親起身把窗戶關上，沒說多久的話，就睡去了。已經是夜深時候了吧！蟲鳴似乎更明晰可聽了呢。然而阿秀卻不知何故，像是睡不著了。

「咳——咳」阿秀的母親，入睡之後連連的咳著。

許是勞苦過度的緣故吧！阿秀在心裡想著。她眼睜睜地望著天花板，聽著母親的咳嗽聲。

聲音裡夾雜著是白天裡默默地辛勤工作的母愛，面對著現實世界，不輕易言敗的堅毅生命力，是一點一滴的汗水幻化而成的單純的節奏。

阿秀想到小時候，自己因為咳嗽，母親帶她去看醫生，打針拿藥的情景。想到母親一直都那麼疼惜她。

坤樹的臉、婆婆的臉也出現了，他們向阿秀微笑著。

婆婆的臉和母親的臉重疊了。母親的咳嗽聲，婆婆的咳嗽聲。

「咳——咳」

突然，阿秀轉身依偎著母親，眼淚禁不住流下來了。

——《情事》

夕陽

一九七〇年十一月二十五日上午十時，三島由紀夫在日本東京防衛廳的自衛隊廣場，切腹自殺。

這不是《憂國》的記述嗎？

我是第二天，在報紙讀到消息的。據說，事後當天的電視新聞就有特別報導。但是，窩居在租屋裡，沒有電視，也不看電視的我，遲了一天才知道這個驚動的事件。

這一天，我一早就出去報攤買了一份報紙，因為被通知了小說稿件會在當天報紙發表。我習慣買一份報紙，看自己被登載的作品。那是一篇現在回想起來，自己也臉紅的作品。說是青春過敏期的強說愁也好，說是青春腐蝕畫也罷，那是我文學青年時代的人生紀錄。

三島由紀夫帶著他「楯之會」的一些隊員，在一群自衛隊官兵面前，慷慨激昂地發表了對日本國家之魂的意見，出乎意料地只面對戲謔的笑聲，他拿起武士刀，像傳統日本武士一樣，進行了切腹儀式。這樣的事蹟，其實在他的小說《憂國》裡出現過。一九五九年發表的這篇小說，在一九六五年拍成二十多分鐘的三十五釐米電影。三島由紀夫自編、自導、自演，彷彿預示了他的人生。

三島由紀夫是我文學青年時代喜歡的一位日本小說家。他曾說過「我一直在想，如果我能寫出一部傑作而在二十歲就死亡，那多麼奇妙！」這一句話。在我剛過二十歲不久，正常式小說寫作的心境裡，非常刺激。但當時的我，只是一位在報紙副刊發表了幾篇小說的文學青年，正在人生的路途踽踽行著。

我翻閱著買來的報紙，看了自己的這篇約莫五千字的小說，也讀了有關三島由紀夫切腹自殺的報導。回到住處，稍微整理，就準備到學校上課。那是一所在省城的大學，原以農業科系設置，後來加了文史，而成為綜合的大學。在那裡修習歷史的我，原來是不想唸大學的我。後來為了文憑也不得不像一般人一樣。但竟日都耽溺在詩與小說閱讀與寫作的我，像是奇異而陌生的存在，隱身在課堂裡卻思索著自己的夢。快畢業了，例行的上課我從住處騎著腳踏車往返。這一天，我也騎著腳踏車前往學校。

心裡不斷翻攪著三島由紀夫切腹的消息。在學校教室裡，我沉思著《憂國》的情節，想像小說家的自殺儀式。決定自己的死亡，在生命正當燦爛之時，多麼不可思議！在諾貝爾文學獎被提名，與川端康成這位諾貝爾獎得獎人有相互鑑照的文學光采。究竟，他的美學是什麼？

這一天，我有一個午後的約會，從學校回來，把課業的文件放好就出門了。沿著租賃之處門前的道路，走向車站。等候我的是一位在國中任教的C，她與我同齡，已經大學畢業，投入職場。初識不久，還談不上戀人，但卻是談得來的朋友。我們相約去沙鹿看海，鄰近有一個港口剛啟用，稱為台中港，其實是在梧棲。

從台中往沙鹿，有公路局班車，也有客運，甚至還可以從台中火車站搭乘海線火車，由南往烏日、大肚，向西再向北。沙鹿是一個濱海的小鎮，與台中市有一條公路銜接。遠遠看見等候在公路局車站的C，留著長髮的她，就像一般中學女老師穿著素雅，臉上不施脂粉，但十分白皙。看到我，臉上浮起笑容。她已經買了兩張票。班車來時，就可以搭乘。

沿著中港路，經過東海大學，從台中到沙鹿鎮上，大約四十分鐘車程。因為不是假日，車上的乘客不多。車行時，她從包包裡拿出話梅，給我，自己也在嘴裡含著一顆。並肩坐著，可以微微感覺到有一種女性的香味。十一月天，不熱，但身體與身體緊緊靠著，有某種異樣的溫度。

「三島由紀夫死了。」我把刊載我小說的報紙拿給她，並說出這樣的一句。

「什麼？」

她先翻了翻報紙的新聞版面，找到三島由紀夫切腹的報導，很仔細地讀著。然後，她翻開副刊，閱讀我的小說。而我，看著車窗外向後移動的風景，一些房舍交錯在稻田之間。有一些是住家、一些是工廠。平淡的田園在視野的流逝中，襯托著秋天的氣息。一直到快要抵達沙鹿鎮上時，我都沉默著。而她，看完了小說，也沉默著。她總是這樣，靜靜地在我身邊，不太說話。

到了，我們下車。

這時候，秋天午後的陽光仍然照耀著。沙鹿大街兩旁的商店，稀稀落落的行人。沒有喧嘩聲，但卻不是安靜的氛圍。我們在一家冰果室，叫了果汁，坐下來。

「就要畢業了，會離開台中嗎？」

C喝了一口果汁，淡淡地問。她知道我在台中停留的時間是不確定的。因為服役，因為就學，而在台中暫時居住。是不是會離開？如果離開了，兩人是否就會分手？我不知道。

兩人的交往時間仍短，相互之間也沒有什麼承諾。C並不是我的初戀，甚至還談不上戀情。兩人在一起，淡淡的情誼，不知如何發展。因為寂寞的緣故吧，為了相互的連帶而形成情誼，在友情與愛情之間。

我並沒有回答C的問話，也不知道怎麼回答。我知道：C的心裡是在想，會為了她留下來嗎？C是一個溫順的女人，她不會把心裡的期待說出來。在午後的一個濱海小鎮，在一間小小的冰果室，兩個人就這樣，話語很少，但心裡似有許多問號。

收音機撥放著台灣歌謠，帶有日本風味的嗓音，薩克斯風的低沉配樂，交織著慵懶午後的抒情。不知怎的，我的手伸向她的手，把她的手掌放在我的手掌。看著她的掌紋，並且用手指摩挲著。

「你的手很細潤。」C說：「是拿筆的手，是寫作的手。不是拿粉筆的手，也不是勞動的手。」

「是嗎？」

我笑了，她也笑了。

陽光逐漸柔和時，我們起身，付了款，離開冰果室，走向海濱的方向。我喜歡看海，從小時候就這樣。海像一冊書，無限寬廣的視野裡，有無限的秘密。

像一對戀人一樣，走在小鎮的街道，先是有些距離，然後並肩，然後我牽著她的手。看到一間小旅館，就在距離海濱不遠的地方。我們停下來，駐足了一會兒，走進旅館。在櫃檯，要了一間看得到海的房間。默默地走向樓梯，走上樓。打開門，一張雙人床，一個小化妝桌，一間浴室，一面窗。因為西曬，房間裡有些悶熱，一直到開了冷氣後，才逐漸涼爽起來。但是，為了遮蔽太陽光，必須拉上窗簾，只靠著燈光照亮房間。

「休息一下吧！」我逕自躺下來。

C默默地看著我躺下來，她走入浴室。聽見水龍頭放水的聲音，又停了，她從浴室出來，走近我，也躺下來。我看著身旁的她，她看著天花板。

我不曾跟C這樣親密過，連接吻也沒有。兩人躺在一張床，那麼接近。側過臉，C閉著眼睛，胸口起伏著，有一種身體的香味。小小的房間裡靜默流溢著。

三島由紀夫的臉，他頭上綁著布巾的影像，他的寫真集《薔薇刑》呈顯的身體語言；他的《金閣寺》裡那個口吃的小和尚的畸零情狀以及他終至放火燒掉隱藏著不德的美的金閣寺的行止；《切腹》裡，青年軍官因新婚未被邀集二二六事件，近乎政變，未受株連，仍然選擇與新婚的妻子殉死的情節。

新婚不到半年，三十一歲的武山中尉和二十三歲的夫人麗子，從初夜起就在肉體的歡愉中連帶著生命的愛與死。讓麗子決定追隨武山中尉的是精神的力量，是肉體相互包藏的力量，是三島由紀夫思想裡的日本魂魄，某種象徵性的美學。

在文學之路起步，發表了一些詩和小說的我，不能不說沒有從閱讀三島由紀夫的小說感受到震撼。在一九六〇年代末跨入一九七〇年代初，越南戰爭的氛圍仍然瀰漫著，相映的是嬉皮的叛逆風。留著長髮的我，有時在省城的街市還要為躲避警察沿街取締而憤懣不已呢。

B—52長程轟炸機在台中清泉崗空軍基地起降時，龐大的機身發聲轟隆的聲音，會讓人不得不抬起頭來仰望。像是一種巨大的毀滅力量，就從我們的島嶼飛向中南半島的越南戰場，又從越南戰場飛回我們的島嶼。假日的街頭，在許多酒吧的區域，從越南來到台灣度假的美軍穿梭。那景況好似《金閣寺》的庭園有美國軍人挽著日本吧女。只不過，女人換成台灣的女性。三島由紀夫讓口吃的小和尚，偷偷踢日本吧女一腳，日本戰敗的屈辱和口吃小和尚的自卑夾雜在一起。

我，在那暗澹的文學青年時代，在B－52長程轟炸機的聲影籠罩下的省城，人生裡印記著異國傳遞的光與影。如今想來，雖已逐漸模糊，卻又可以感知。在三島由紀夫身上，不，在武山中尉身上。那種執意，也許也灌輸在心中。

伸手去牽C的手，她也回應著。轉過身來，兩人就這樣親密地擁抱在一起，感覺到心跳聲經由肌膚傳遞在彼此之間。C把頭埋進我的手臂，她的頭髮碰觸我的臉，髮香的氣息瀰漫著我呼吸嗅聞到的領域。我撫摸她的臉頰，她的鼻子，她的嘴唇，並且吻她。

雖是對C的初吻，但是她並沒有抗拒，而是盡情地回應。她也用手撫摸我的臉，彷彿另一種話語，訴說著連帶的歡愉。

肉體彷彿有一扇門，當你開啟門扉或試著開啟門扉，就會有微妙的力量敞開那幽密的空間，引導你進入那並非語言所能詮釋的世界。C把薄被單拉上來，解開上衣的鈕扣，露出胸口，側過身，拉著我的手去解開她的胸罩，並且把我的手放在她的前胸，她的乳房在午後的室內的柔光下，發出一種誘引的磁力，吸住我的手。

我想起《憂國》裡，麗子在與武山中尉結婚後，感知了身體的歡愉，彷彿被磨亮的樣子。三島由紀夫在小說裡說麗子的身體白嫩又莊嚴，豐盈的乳房似乎顯示著不可侵犯的純潔。但容納了武山中尉的身體後，便成了溫暖的鳥窩。

但那樣的歡愉卻必須在最後一次的激情儀式後殉死。三島由紀夫的《憂國》，以一九三六年二二六事件的不成功軍事政變為本，引喻某種軍國主義的勤王美學，特別是其中的悲壯性。後來《憂國》竟喻示了三島由紀夫自己的命運。虛構的小說，真實的人生。這又如何解釋呢？

面對著C的肉體，那氣息似乎為了撫慰青春的憂鬱而散發出來的，像一座森林，深邃的幽暗的情欲之路讓人不得停下腳步，而一路走下去。這樣一路走著走著，竟也靜靜地互擁著躺在床上，把午後當作夜晚睡著了。

醒來時，C剛從浴室出來，她裹著浴巾的身體站在床邊一會兒，走近窗子，從隙縫向窗外看了一下，然後躺回床上。

「要不要打開窗簾，讓夕陽照進來？」她起身，逕自地把窗簾稍微拉開。

房間裡從暗淡轉為暈紅，光線柔和地照在床上，看著躺在身旁的她的臉龐，好像被夕陽化了妝一樣，顯現粉彩。

「可以嗎？」

我拉開蓋在身上的薄被單，想看看她裸露的身體，她不置可否，但是閉上眼睛，呼吸急促起來，乳房起伏著。她試著用自己的手遮住胸脯的重點位置，但我的手伸出去撫靠在她的乳暈。感覺照著夕陽的水裡，白裡透紅，但卻是柔軟的、溫熱的。

認識C是在一個書展，在一家出版社的攤位，因拿了同一本書而相視微笑。談了幾句話，離開展場時，一起走了一段路。附近剛好是一個公園，不約而同走進去，在人工湖畔的長椅，坐下來。交談後，才知道她是一所國中的地理教師。她與我同齡，但已從大學畢業，家就在省城。後來，假日時，她會來我住處。

她知道我寫了一些短篇小說，也知道我從島嶼南方來到省城的點點滴滴。每次來我住處，她只是靜靜翻閱我書架上的書，聽我撥放的音樂。她知道我會離開暫居的城市。她知道我是在自己人生之途不務實的人。

只因為三島由紀夫之死？《憂國》的故事是真實的？還是虛構的？他的切腹是真實的，還是虛構的？我不禁為這樣把真實和虛構交織在小說和人生裡的小說家而感覺到沉重的一擊。究竟，三島由紀夫是什麼樣的一個人？為什麼殉死？是那麼重？還是那麼輕？生命的重疊在現實中浮現，要如何描繪？

夕陽從窗口滲透進來，以暈紅的光投射在我身旁的赤裸女體，像熟透的水果的乳房被畫家描繪在畫布上一樣美。然而，在《憂國》裡，武山中尉和麗子夫人在歡愉的情欲之後，相互殉死的故事，卻在美麗的悲劇裡訴說肉體與精神糾葛的張力。我與C在夕陽照進來的床上，沒有去看海，沒有等到夕陽從海面沉落，就又睡著了。不知道戶外的世界是何時暗黑下來的。

——《私の悲傷敍事詩》

4. 歌詞

二二八鎮魂歌

I．悲傷的歌

我有聽著槍聲
我有看著刀影
惡夢親像猶在這
給咱心靈未定

我有聽著人在哀叫的聲
我有看著血在流的影
犧牲的是咱的父兄
受苦的是精英的母子

二二八　是咱悲傷的歷史

二二八　是咱心靈的苦痛
唱出悲傷的歌聲
安慰心靈的苦痛

Ⅱ・愛佮希望的歌（蕭泰然曲）

種一欉樹仔　在咱的土地
不是爲著恨　是爲著愛
二二八　這一天
你我做伙來思念　失去的親人
種一欉樹仔　在咱的心內
不是爲著死　是爲著希望
二二八　這一天

你我逗陣相安慰　不通尚悲傷

從每一片葉子　愛佮希望在成長
樹仔會釘根在咱的土地
樹仔會伸上咱的天
黑暗的時陣看著天星
在樹頂閃熠

百合之歌（蕭泰然曲）

行過歷史的冬天
行過風雨坎坷路
佇天佮地交接的高山
咱的心開做百合花

行過歷史的冬天
行過風雨坎坷路
佇天佮地交接的高山
白色形影舉向天

行過歷史的冬天
行向台灣的春天
行過風雨坎坷路

行向光明出頭天

佇島佮海相連的岸邊
咱的心開做百合花
行向台灣的春天
行向光明出頭天

佇島佮海相連的岸邊
綠葉青青向世界
行向台灣的春天
行向光明出頭天

百合花
百合花
新的民族
新的情愛
寬闊親像海

自由之歌

（蕭泰然曲）

佇暗暝的天頂
阮用星來做字
寫一首安魂曲
唱出感傷的韻律

佇日時的天頂
阮用日來調色
畫一幅殉難圖
照出燦爛的光彩

猶原聽著你佇彼
爲著自由在出聲
猶原看著你形影

爲著台灣來打拼

你是阮的痛
你是阮的痛
咱做伙爲自由來出聲
爲台灣來打拼

傷痕之歌（蕭泰然曲）（潘世昌曲）

彼是什麼聲？
彼是咱兄弟在喊的聲
彼是咱土地裂開的聲
彼是咱姊妹在哭的聲

彼是什麼影？
彼是一粒一粒星落下來的影
彼是驚惶驚惶的目睭避佇彼的影
彼是月娘光敷佇傷痕的影

爲著安慰故鄉的苦痛
大家攏總在出聲
救援的聲

安慰的聲
攀過溪水
攀過山

殷望聽著你的聲
殷望看著你的影
你我做伙擱打拚
溫情給恁𡁶孤單

台灣頌（配貝多芬歡樂頌曲）

山綠水清　美麗台灣
是你是我心所愛
自由國度　平和社會
佇你佇我心肝內

FORMOSA 叫你的名
充滿喜樂充滿愛
歡歡喜喜　快快樂樂
起造美好新世界

玉山頌（蕭泰然曲）

遠遠看你
你是天
佇眞高的所在
眞高的所在

徛佇山頂
你是地
青翠樹林
綠色田園滿四界

蝴蝶自由飛
日時白雲擁抱你
蝴蝶自由飛

暗暝天星金熠熠

啊！玉山
啊！玉山
台灣美麗島
台灣美麗島
神聖的記號

現實的你
你是父親
給我魂魄
給我意志佮勇氣

夢中的你
你是母親
佇我心內

佇我心內給我愛

走找自由路
行過悲傷的過去
走找自由路
殷望起造新世紀

啊！玉山
啊！玉山
台灣新國度
台灣新國度
光榮的標記

啊！福爾摩沙——為殉難者的鎮魂曲

（蕭泰然曲）

I・你若問起

你若問起島嶼台灣的父親
我欲講天是台灣的父親
你若問起島嶼台灣的母親
我欲講海是台灣的母親

你若問起島嶼台灣的過去
我欲講血佮目屎滴佇台灣的過去
你若問起島嶼台灣的未來
我欲講新的世界是台灣的未來

對著天對著海
對著過去對著未來
你我做伙來開採
Ilha FORMOSA
美麗的記號印佇你我的心內

Ⅱ．記憶佮感念

咱欲爲每一位受難者雕刻一座紀念碑
咱欲爲每一位受難者起造一座花園
咱欲爲每一位受難者唸一首詩
咱欲爲每一位受難者唱一條歌

佇咱的島嶼咱的樹林咱的田園
佇咱的國度咱的河流咱的山嶺

佇咱的腦海咱的內心
咱欲永遠記憶伊的名
咱欲永遠感念伊的疼伊的愛

Ⅲ・走尋光明路

唛擱自悲自嘆
哭調仔擧𣍐起晴朗的天
若欲作番薯給人煎給人炸唱悲歌
咱甘願島嶼台灣是一塊大石頭

唛擱自怨自艾
哭調仔行𣍐出光明的路

若欲作水牛給人刣給人割唱哀歌
咱甘願島嶼台灣是一隻大海翁

舉頭看藍天　走尋光明路
舉頭看藍天　走尋光明路

IV・美麗的國度

美麗的國度是咱永遠的愛
美麗的國度藏佇咱心內

樹葉編織新國旗
花蕊畫出新國徽
鳥聲唱出新國歌

Ilha FORMOSA
Ilha FORMOSA

佇島嶼的海邊
台灣的囝仔佇彼歡唱
視野無限寬闊

佇島嶼的山頂
台灣的囝仔佇彼跳躍
伸手挽天頂的星

佇島嶼的鄉村
台灣的囝仔佇彼成長
對自然學習生命的律動

佇島嶼的都市

台灣的囝仔佇彼勇壯
新的秩序佇恁手中開創

島嶼的航程佮方向是爲著這款的夢想
咱流過的血佮汗是爲著這款的希望
編織夢想描繪希望
爲著綠色和平的美麗國度台灣

Ilha FORMOSA
Ilha FORMOSA

天佑台灣（李欣芸曲）

上天保庇
美麗台灣 FORMOSA
阮（咱）作伙徛佇這
全心守護伊

綠色的山　藍色的海
這是你我的國度
美麗的 FORMOSA
美麗的 FORMOSA

上天保庇
阮（咱）攏愛伊

5. 譯詩

當我仍然看得見時

日本／田村隆一（一九二三～一九九八）

星星的光
原野的花
海滾滾回來的地平線
陸地倒轉的地平線
有一張臉在帽子下
假使我打開一扇門有人在那兒

一隻鳥的羽毛
一隻小動物的足印
秋天匆匆墜落的夕陽
春天朦朧的月

我曾經寫了
「時間不會死亡
人會死亡」

我已看過任何年歲的人死亡

而我
也會在人生盡頭死亡

我看得見
但世界之中和我眼睛一樣看見的
只有時間

——《遠方的信使》

鏡子

韓國／李箱（一九一〇～一九三七）

鏡子裡沒有聲音；
再沒有這麼安靜的宇宙了。

鏡子裡的我也有耳朵；
兩片不懂我說些什麼而難爲情的耳朵。

鏡子裡我是左撇子；
不能和人家握手的左撇子。

在鏡子裡我雖不能感知我自己；
但因有鏡子，

我很想在裡面和自己相遇。

我沒有屬於自己的鏡子，
但鏡子裡卻常有我；
我不太清楚：
他是不是忙著要和他的夥伴分離。

鏡子裡的我雖與我相反，
卻又與我十分相似；
因爲不能將心比心
去感覺鏡子裡的自己，
我感到慚愧。

——《遠方的信使》

國家的追尋

巴勒斯坦／達衛許（Mahmoud Darwish, 1941–2008）

我們走向一個國度不只我們的肉，
不只我們的骨，
栗子樹，石頭堆，
不像許多歌曲之中一首歌裡的捲毛山羊。
我們走向一個國度，
那兒並不爲我們掛著特別的太陽。
神話的婦人們拍手，
一片海環繞我們，
一片海在我們上方。
假如小麥和水沒送來給你，
吃我們的愛並飲我們的眼淚。
早晨的黑面紗爲詩人的。

你們有你們的勝利而我們有我們的，
我們有一個國家。
一個我們只隱隱約約看得見的國家。

——《遠方的信使》

三行連句（一束）

希臘／黎佐（Yiannis Ritsos, 1909-1990）

在白色的蛋裡
一隻黃色的小雞
一首憂鬱之歌

●

新月
套上它的袖子——你看到嗎？——
一把小刀

●

裸露，騎上一匹馬，
月亮渡河，
露珠在它腳踝閃閃發亮。

●

瓜地馬拉，尼加拉瓜，薩爾瓦多。
那麼多身體要到哪？樹上，風睡了，
一件破舊的灰色褲子。

●

時間要在哪兒點燃一根菸，
注視一顆星，跟一隻龜說話，
搔你鼻子，並且放屁。

●

不找，不要，不是。
我咬——他說——一個苦澀蘋果。
自由。

●

他們說你目不識丁，那些遊手好閒的官僚。
不知你如何在不毛之島紀念
奮鬥的十二個使徒。

初秋

土耳其／納京・喜克曼（Nazim Hikmet, 1902-1963）

這一年，初秋在南方海邊，
我沉湎自己於海水、沙和陽光，
於樹林，
就如蘋果浸泡在蜂蜜中。
夜晚空氣聞起來就像收割的麥田——
夜晚的天空與灰塵瀰漫的路相映，
而我融合著星星。

我親愛的玫瑰
我已那麼親密接近
海水、沙、陽光、蘋果、星星
如今是我可以失去

海水、沙、陽光、蘋果、星星之時。

——《遠方的信使》

害怕和懷疑

奧地利／佛里德．埃里希（Fried Erich, 1921–1988）

假使有人
告訴你
他害怕
不要懷疑

但要害怕
假使他告訴你
他不
懷疑

——《遠方的信使》

陰暗

羅馬尼亞／保羅・策蘭（Paul Celan, 1920–1970）

我們接近，主啊，
接近並手牽手，

握得好好的，主啊，
互相抓住就如同通過我們每個人的身體
成爲祢的身體，主啊，

祈求祢，主啊，
祈求祢，庇佑我們，
我們是接近的。

我們去風斜斜吹去的地方，

去那兒彎身
挖洞並掘溝。

我們去那兒沾水，主啊。

那是血，主啊
隱沒在那裡面。

它發出微弱的光。

它投射的意象到我眼睛裡，主啊。
我們的眼和我們的嘴張得大大而且空空，主啊。

主啊，我們已經飲下
血和血中的意象，主啊。

祈求祢，主啊，
我們是接近的。

——《遠方的信使》

咒語

波蘭／米洛舒（Czeslaw Milosz, 1911–2004）

人類的理性是美麗而無可匹敵的。
沒有障礙，沒有鐵蒺藜，沒有低俗書籍，
沒有放逐的句子能勝過它。
它以語言建立宇宙的意理，
並指引我們的手因此我們以大寫字母
書寫眞理和正義，以小寫字母書寫謊言和壓迫。
它在事物之上賦予意涵，
敵人是絕望，而朋友是希望。
它不區分猶太人或希臘人，奴僕或主人
給我們世界的土地讓我們經營。
它從苦惱語字的污穢和不調和
拯救艱澀和透明的詞句。

它說太陽之下每種事物都是新的，
鬆開過去緊握的拳頭。
美和青春是哲理
和詩歌，她們的結合是爲良善服務。
至少到日昨自然慶祝他們的誕生，
消息被獨角獸帶到山裡並傳來回聲，
他們的友誼會充滿榮光，他們的時光沒有界線。
他們的敵人會把自己交付毀滅。

——《遠方的信使》

意外的相遇

波蘭／辛姆波思卡（Wislawa Szymborska, 1923-2012）

我們相互之間十分客氣，
堅持那些年代之後這是美好的相遇。

我們的老虎喝牛乳。
我們的老鷹在大地行走。

我們的鯊魚淹死在水裡。
我們的狼群在開啓的獸籠前打呵欠。
我們的大蟒蛇已經甩掉閃電。
猴子——鼓舞著，孔雀——展翅盛裝。
蝙蝠——早在很久以前——就在我們髮梢飄飛。

我們不知所措陷入靜默，
在救助的背後微笑著。
我們的人民。
無話可說。

——《遠方的信使》

病理學

捷克／賀洛布（Miroslav Holub, 1923–1998）

貴族的胸靜止在這兒
乞丐們的舌頭，
一般人的肺，
告密者的眼睛，
殉難者的皮膚，

在顯微鏡裡
一覽無遺。

我翻閱薄如舊約聖經紙頁的肝臟切片
在腦的白色紀念碑我閱讀
腐爛的

象形文字。

看啊，基督徒們，
天堂，地獄，和樂園
就在瓶子裡。
而且沒有哭叫，
甚至沒有一個信號。
瘖啞就是歷史
勉強地
穿經微血管。

平等的瘖啞，友愛的瘖啞。
脫離誓死保衛的各種三色旗
我們日復一日
拉扯
智慧的細微之光。

——《詩的異國心靈之旅》

詩的

德國／賴納．孔策（Reiner Kunze, 1933–）

有太多的答案
然而我們不知如何發問

詩
是詩人的白色柴枝
用來探觸事物，
以認出識得它們。

——《遠方的信使》

樹和燈

法國／彭尼佛（Yves Bonnefoy, 1923-2016）

樹在樹之中老化，是夏天。
鳥在鳥的歌聲之後跳躍並飛走了。
紅色裝飾亮起並且瀰漫
開來，在空中，古老的哀愁降臨。

喔脆弱的鄉村，
像燈火在門外燃燒著，
緊密地沉睡在世界的樹之汁液裡，
殘缺的心靈天真無邪跳動著。
你也愛這瞬間
當燈光熄滅而夢在日光裡消失。

你知道你自己的心聽著黑暗，
船隻到達岸邊並且沉沒。

——《遠方的信使》

離別的談話

西班牙／羅卡（Federico Garcia Lorca, 1898–1936）

假如我死了，讓陽台開著吧。

男孩正吃著橘子。
（從我的陽台我能看見他。）
收穫者正收割著麥子。
（從我的陽台我能看見他。）

假如我死了，
讓陽台開著吧！

——《遠方的信使》

波多黎各歌

美國／威廉．卡洛斯．威廉斯（William Carlos Williams, 1883-1963）

喔，神是
愛，
故而愛我。

神
是愛，故而
愛我。神

是
愛，故而愛
我深。

愛，這太陽
在早晨
登

臨
而
在

夜晚——
颼颼，颼颼！——
去了。

——《詩的異國心靈之旅》

停止所有的時鐘，剪斷電話

美・英／W・H・奧登（Wystan Hugh Auden, 1907–1973）

停止所有的時鐘，剪斷電話，
阻止狗為一根有肉味的骨頭吠叫，
使鋼琴寂靜下來並以低沉的嗚咽
移送棺木，讓哀悼者進來。

讓飛機在頭頂嗡嗡盤旋
在天空潦草書寫他死了的訊息，
在公共廣場鴿子群的白頸項綁上黑喪布，
讓交通警察戴上黑手套。

他是我的北方，我的南方，我的東方和西方，
我的工作週和我的星期休息日，

我的月亮，我的午夜，我的交談，我的歌；
我以爲愛會永遠留下來：我錯了。

現在不需要星星；熄掉每一顆；
把月亮包裝起來並拆除太陽；
清除掉海洋並掃除樹林；
因爲現在再也沒有美好事物會來到。

——《遠方的信使》

又是一年

美國／默溫（W. S. Merwin, 1927–2019）

我對你沒有什麼
前程，窮人的天堂之類的新要求。
我嘮叨的仍是同樣的事情

我仍然企求著同樣的問題
臨著同樣的燈光，
磨著同樣的石頭。

而鐘針仍然敲著沒有進來。

——《詩的異國心靈之旅》

歷史

阿根廷／胡安．格爾曼（Juan Gelman, 1930–2014）

研究著歷史，
日期，戰役，書寫在岩石上的書簡，
著名的詞句，聖哲們崇高的氣息，
我只看到暗澹的，冶金
採礦，縫紉，奴隸們的手
創造著光輝，世界的驚險，
他們死了而他們指甲仍然生長。

——《溫柔些，再溫柔些》

噪音

巴西／費里拉・格爾拉（Ferreira Gullar, 1930–2016）

每一首詩都是空氣形成
而且只是空氣；
詩人的手
不會砍伐木柴
不會損壞
金屬
石頭
不會使手指頭
污藍
當它書寫早晨
或微風
或一個婦人的

短上衣時。
無需特別材料
全部
都是
噪音
在閱讀者的氣息裡
持續鳴響。

——《溫柔些，再溫柔些》

海

智利／聶魯達（Pablo Neruda, 1904–1973）

太平洋溢流著地圖上的許多國境。
沒有裝塡它的場所。它那麼大，狂野而鬱藍
以致不能安置在任何地方。這就是它留在我窗前的原因。
人本主義者們憂鬱渺小的人們而年復一年凝視。
他們不能盤算。
不只是大帆船，裝載肉桂和胡椒在翻覆時使它芳香。
不。
不只是探險隊的船隻——脆弱地像搖籃衝撞
成碎片掉落深海裡——船的龍骨覆蓋著死去的人們。
不。
在這海洋，一個人像一灘鹽般融解，而海水並無所悉。

——《詩的異國心靈之旅》

6.世界詩譯讀

以詩挽救國家或民族

——波蘭／米洛舒（Czeslaw Milosz, 1911–2004）

第一次讀到波蘭詩人米洛舒的詩是在他得到諾貝爾文學獎時，時間是一九八〇年。瑞典皇家科學院給予這位流亡在美國的波蘭詩人頌辭是：「在創作中，以絲毫不妥協的深刻性揭示了人在充滿強烈矛盾的世界所遭逢的威脅」，以及詩中的「人道主義態度和藝術特性」。

米洛舒的一首詩〈有贈〉，常常被引用來論釋詩人的人生立場和藝術態度。我自己在評論台灣的詩狀況時，也幾次提到這首詩裡的批評觀點：

不能挽救國家或民族的詩
是什麼詩呢？
官方謊言的共謀，
喉嚨將被割的醉鬼之歌，
大二女生的讀物。

第二次世界大戰期間在德國佔領下的華沙從事文學活動，並秘密編選反納粹法西斯詩集《獨立之歌》的米洛舒，戰爭時期的作品表達了他對民族和人類命運的憂慮。一九四五年的詩〈有贈〉，對於詩人的職責透露了嚴肅的觀點和深刻的期許。「官方謊言的共謀」、「喉嚨將被割的醉鬼之歌」和「大二女生的讀物」三類現象充塞在我們的國度，但我們缺乏的是反省和批評。

米洛舒不僅是一個詩人，還是小說家和評論家。他在一九五一年開始流亡。戰後服務於波蘭外交部的米洛舒，先後在波蘭駐美國及法國大使館擔任文化官員，在加州大學柏克萊校區教授斯拉夫文學。他的流亡是因為祖國被赤化，整個東歐在舊蘇聯陣營體制統治的政治形勢形成對他心靈的壓迫，讓他選擇成為一個流亡者。

東歐在一九八〇年代末期才整個從舊蘇聯陣營體制解放，也顛覆原先的各國共黨統治。流亡在外國的許多東歐詩人和在各自的國度裡創作的詩人，在戰後世界詩的動向中提供一種迥異於西方自由資本主義國家的詩視野，以現代性的技法觸探現實性課題，迴避了消費社會文學的淺薄化危機，維護文學的意義肌理。

一個可憐的基督徒看猶太人區

米洛舒／著　李敏勇／譯

蜂環繞紅色肝臟築巢，
蟻環繞黑色骨頭建窩。
開始了：絲織品上的猛擊，重踏。
開始了：打碎玻璃、木頭、銅幣、鎳幣、銀幣、泡沫……
打碎骨頭、鐵板、琴絃、喇叭、葉子、球、水晶製品。
呸！磷火從黃色牆壁
吞沒動物和人類的毛髮。
蜂環繞肺窩築巢，
蟻環繞白骨建窩。
撕破的是紙、橡皮、亞麻布、皮革、亞麻纖維、布料、纖維素、
蛇皮、鐵絲　屋頂和牆壁倒塌在火焰而熱氣佔據地基。
現在只存被踩碎的，砂礫的土地，
以及一顆沒有葉子的樹。

緩緩地，挖掘地道，一隻守衛的鼴鼠探路，前額繫一盞紅色小燈。
牠碰觸被埋葬的屍體，清點清點，繼續推進，牠以他們發光的氣色
分辨人類的　骨灰
每個人的屍體有不同的光譜。
蜂環繞紅色痕跡築巢，
蟻環繞我身體被搬離的地方建窩。
我害怕，非常害怕守衛的鼴鼠。
牠的眼皮浮腫，像一個主教
緊靠著燭火坐著
讀著物種的大書。
我要告訴他什麼呢？我，一個信新約的猶太人，
等待兩千年的耶穌再度降臨？
我破裂的身體會領我到祂視野
而祂將把我列入死神的助手群中：
未行割禮者。

第二次世界大戰期間，納粹德國對猶太人進行滅絕計畫，東歐許多被德國佔領的國家設有猶太人集中營。波蘭境內的奧茲維茲（Auschwitz）集中營以大規模的種族滅絕設施消滅猶太人。死亡數百萬人，慘絕人寰，其中主要是波蘭和德國的猶太人。世界大浩劫（Holocaust）的納粹德國對猶太人的大屠殺在戰後的歐洲詩，特別是東歐詩，成為戰爭破壞與文明反思的重要原型。

做為一個波蘭詩人，而且在早期詩作裡就進行歷史反省，視歷史為某種災難演繹的米洛舒，自然不會不去注視大浩劫的意義反思。〈一個可憐的基督徒看猶太人區〉，從題意就透露他觀察和思考的視野。災難的凝視藉著一個死亡的猶太人鬼魂的眼睛描繪出時代的影像。

在地層下，埋葬著猶太人苦難的歷史。詩人以蜂、蟻、鼴鼠在地層下的情境裡揭示苦難的影像。而我——這個猶太鬼魂，這個基督徒面對苦難的歷史情境的失落是被信仰的上帝列入死神的助手群，只因未行割禮。

讀到鼴鼠時，我想起台灣詩人王白淵的詩〈鼴鼠〉，收錄在他一九三一年詩集《荊棘之道》裡的這首詩，是在日本殖民統治時代以地下構築對照現實世界虛偽的一首詩，詩中的鼴鼠「蠢動著挖土」，牠的世界被王白淵視為一個天國。

米洛舒的這首詩，引喻了西方基督教文明的歷史災禍與苦難，使大浩劫的經驗深入到猶太民族的命運，但更重要的是觸及了人類的命運並提供了宗教的反省。詩裡的意象堪稱驚心動魄，彷彿地獄的解剖，在歷史的廢墟之中隱約照著破滅的人類的苦難。

咒語

米洛舒／著　李敏勇／譯

人類的理性是美麗而無可匹敵的，
沒有障礙，沒有鐵蒺藜，沒有低俗書籍，
沒有放逐的句子能勝過它。
它以語言建立宇宙的意理，
並指引我們的手因此我們以大寫字母
書寫眞理和正義，以小寫字母書寫謊言和壓迫。
它在事物之上賦予意涵，
敵人是絕望，而朋友是希望。
它不區分猶太人或希臘人，奴僕或主人
給我們世界的土地讓我們經營。

它從苦惱語字的污穢和不調和
拯救艱澀和透明的詞句。
它說太陽之下每種事物都是新的，
鬆開過去緊握的拳頭
美和青春是哲理
和詩歌，她們的結合是爲良善服務。
至少到日昨自然慶祝他們的誕生，
消息被獨角獸帶到山裡並傳來回聲。
他們的友誼會充滿榮光，他們的時光沒有界限，
他們的敵人會把自己交付毀滅。

人類理性延伸的美好事物在米洛舒眼中是至高無上的，他們的敵人會把自己交付毀滅。詩的最後一行才是咒語，前面的陳述都是對理性延伸的美好事物的肯定。這首詩鮮明地舉起信念的旗幟，標榜詩人服膺美、善與真的價值。

詩是為了什麼？詩人是為了什麼？讀米洛舒〈咒語〉這首詩，會深刻感受到一個自我放逐、離開自己祖國的詩人，在他的流亡心靈中追尋的意理。因為具有這樣的信念，使他的

詩觀照的意義至為深刻、嚴肅而高尚。這樣的詩在消費時代許多文字遊戲的淺薄字詞裡形成鮮明的對應，提醒詩人認清自己的職責。

相信人類的理性力量，即使經歷放逐、流亡的生涯，自己祖國面臨壓迫性的統治體制，但堅守著拯救意義的陣地。堅信沒有什麼能夠擊敗人類理性的邪惡力量。而人類的理性，在米洛舒的眼中，在他的心靈之眼裡，是以語言形塑的，以語言建立宇宙的意理。在詩人的心目中：「世界以語言造成」。

我們的國度裡，許多詩作者將語言降低到文字的層次，以技術條件看語言。其實，文字是語言的符號。語言有比文字更複雜、更深層的意涵。詩人拯救語言的努力，就某一意義來說，是在拯救善、美和真實。詩人對語言必須負起的責任意含著對意義的認知與實踐的真摯。

但在我們的國度裡，漢字中文的詩學常常把語言的文字符號弄成雜耍，許多有句無篇的詩人作業顯露出技巧論者誇大其辭作風。特別是在附庸政治權力的國策、黨策文學和附和商業利益的商品文學，更是嚴重。

讀到米洛舒〈咒語〉裡的正面陳述，詩人堅定地指出我們以大寫字母書寫真理和正義，以小寫字母書寫謊言與壓迫，朋友是希望而敵人是絕望，真是萬分感動。而美和青春是哲理與詩，為良善服務而結合這樣的信念更宣示著詩人的重疊。

流亡在美國的米洛舒，他的詩人志業裡追尋的就是不對人類理性失去信心和希望的歷史。

我忠實的母語

米洛舒／著　李敏勇／譯

忠實的母語
我一直都效命於你。
每個夜晚，我通常坐在你小小的彩色碗缽前
所以你讓你的樺樹，你的蟋蟀，你的雀鳥
保存在我的記憶裡。

後來這些年代，
你是我的祖國；我沒有任何其他的。
我相信你也會是一個信使
聯繫我和一些善良人士
即使他們只是少數，二十個，十個，

或甚至，尚未出生。
現在，我承認我有所懷疑。
就在每當我看起來已虛擲我人生的時際。
因爲你是降格的語言，
非理性的，恨自己的民族
更甚於恨其他的民族。
告密者的語言，
迷亂的語言，
因自己的無知而病了。
但沒有你，我又是誰？
只是一個在遙遠國度的學者，
一個成功的人，沒有畏懼和屈辱。
是的，沒有你我又是誰呢？
只是一個哲學家，像其他每一個。

我了解，這意味著我的教諭：

個人的榮耀被取消，
命運在一場道德劇的罪人之前
鋪上紅地毯
就當亞麻布背景上一個魔幻燈籠投擲
凡人和聖者的痛苦意象之時。

忠實的母語，
也許我終究是必須嘗試拯救你的人。
因此我會繼續坐在你小小的彩色碗缽前
盡所能光耀和純粹，
因爲災難中需要的是一些秩序和美。

「因為災難中需要的是一些秩序和美」——詩的最後一句，米洛舒賦予對自己母語拯救的意志，也強調秩序與美的藝術力量。對於流亡在外國，習慣以自己母語寫作的詩人米洛舒而言，他對自己的波蘭文在他詩裡和在波蘭的政治現實裡的糾葛，呈顯出愛恨交雜的情境。

我們對我們的語言也應該如是觀。在台灣，以漢字中文、漢字台語、漢字客語做為書寫工具，也應該會有對自己使用語文的類似感應。我們也要面對台灣母語在現實政治環境下失去真摯，附和著統治權力的告密者語言化或附和商業社會的迷亂語言的困境。只有不斷反省語言的狀況，不僅僅從技巧論的觀點而要從精神論的觀點看語言，詩人才能真正追尋到詩的美和真實。

波蘭文使流亡在美國的米洛舒有自己祖國的樺樹、蟋蟀和雀鳥的記憶。因為語言是存在的居所。透過母語，米洛舒把祖國保留在自己記憶裡。透過母語，連繫詩人和祖國的善良人民。換句話說，米洛舒用波蘭文寫的詩仍然在波蘭被閱讀，或被使用波蘭文的同胞在其他地方閱讀。即使人數很少，但詩人認為自己的母語承擔了信使的角色。

詩人批評自己的母語，憂慮是否徒勞無功地在詩的志業裡不斷維護自己的母語。因為所有祖國的一切，在政治壓迫下，就像握持著自己忠實的母語在進行惡質的共犯結構事務，生活裡的語文使用或文學裡的語文使用都不能堅持而病變。在我們的國度也一樣，台灣的母語也會被惡質運用。在政治和文化，商業和文化的對應事況中都有語言公害。我們要愛母語，也要反省母語。

米洛舒說，沒有波蘭文，他只是一個離自己祖國遙遠的一個國度的學者，一個成功的人或一個哲學家。因為波蘭文，他才與在美國的其他詩人有所不同。而在他自己的國度，儘管也有真正喜歡他的人民，但政治處境卻在一個舞台製造他的困境。即使這樣，米洛舒仍念念不忘，告訴自己也告訴自己忠實的母語——當作是有生命的對象。詩人是最後要來拯救語言的人，讓語言光耀和純粹的人。因為唯有如此，才會出現秩序與美，而災難中需要的是一些秩序與美。

波蘭詩人米洛舒以詩追求真理，以詩建構秩序與美。從〈一個可憐的基督徒看猶太人區〉到〈咒語〉、〈我忠實的母語〉，米洛舒在波蘭和流亡在外國的詩人生涯中，不斷透過詩從事文明批評，他的詩不是官方謊言的共謀，不是喉嚨即將被割的醉鬼之歌，也不是大二女生的讀物，具有深刻的詩思和詩想。

——《顫慄心風景》

流亡與追尋、疏離與介入

——以色列和巴勒斯坦詩人的夢與現實

在中東諸國的詩人中，我曾接觸的是原籍敘利亞，後來成為黎巴嫩公民的艾杜尼斯（Adonis, 1930–），巴勒斯坦的達衛許（M. Darwish, 1941–2008），以及以色列的阿米迦（Yehuda Amichai, 1924–2000），拉薇寇薇特荳（D. Ravikovitch, 1936–2005）。中東的阿拉伯國家詩人，在阿拉伯文學的輝煌傳統以及近現代特殊政治現實中煥發光彩。而巴勒斯坦和以色列，各自都有詩歌的豐厚遺產，在當下的政治現實中又交織著各自建國運動相互衝突的火花，特別令人注目。

當代世界詩歌的焦點，在東歐自由化以後，應該就是中東了。在此之前，拉丁美洲和非洲都曾經因為特殊的政治課題而激發出動人的作品火花。現在，拉丁美洲和非洲政治都相對平靜了，中東問題不只在政治也有在文化上激盪，特別是美國紐約的九一一事件，以及延伸至今仍未平息的伊斯蘭極端主義的報復行動，美國進兵伊拉克，還有以巴之間猶未真正解決的爭端。詩人與詩，在中東這個重視這種文學類型的諸國裡，充滿了喻示的訊息。

艾杜尼斯、達衛許和在生時的阿米迦，都常常成為研究、接觸的對象。

就說以色列詩人阿米迦吧！在他的國度裡，他幾乎被視為以色列的心靈。以阿戰爭時，為國陣亡的以色列軍人葬式裡，常常朗讀阿米迦的詩。歷史是他詩的重要主題，他詩裡有自敘傳和諷喻的特質，意義飽滿而充實。他不諱言自己「被政治主題絆住」，因為每一個生活在以色列的詩人，不管右派或左派，都在政治壓力之下，充滿存在的緊張，個人的歷史實則在大歷史之中，而且合而為一。

一九四八年，以色列在他們原先被逐出的阿拉伯迦南地——巴勒斯坦地區，建立國家，這是猶太人復國運動歷經長期顛沛，在二戰的大浩劫之後，一個縫合傷口的建國運動。以色列詩人，有許多是來自歐美許多原已成為不同國度公民的猶太裔詩人。阿米迦就是出生於德國的猶太人，說德語和希伯來文。他是二戰前即已和雙親移居巴勒斯坦地區，二戰時曾參加英軍在阿拉伯的戰鬥行動，以阿戰爭（一九四八年）時，他是突擊隊員。阿米迦是一九五〇年代開始發表作品的。如果，他還在德國，意味的是流亡和疏離，成為以色列國民則是追尋和介入的歷程。

因為什麼呢？因為責任。阿米迦有一首詩，陳述了他的責任觀，這也是許多以色列詩人的信念。

我們盡了責任
我們和孩子們出去
在森林採集蘑菇
那些林木是我們年幼時種的……
而在光明之子和黑暗之子的戰爭中
我們愛善美並且減少黑暗
而恨痛苦之光。

——阿米迦，〈我們已經盡了我們的責任〉

這是一首四十二行詩的一些意象。責任，是追尋和介入才可以實踐的，交織著猶太復國運動的長期歷史流離和二戰時被納粹大屠殺的悲慘事歷，以色列詩人的作品經常吟詠未癒合的傷口，並且在傷口描繪某種願景的圖象，帶有悲傷、痛苦和希望。在巴勒斯坦詩人吟唱他們失去國土的悲歌時，以色列詩人吟詠護守他們國土的心聲。

拉薇寇薇特苣這位女詩人，則以一種特殊的憐憫之心，流露同情的聲調。曾任教師、新聞記者的她，也是兒童讀物作家，出版過小說。在她的一首詩〈正午的鳥聲〉，她以「白天和夜晚／天空是交給牠們統治的／而且當牠們接近海濱時／這海濱也是牠們的」來描寫鳥群，對照人類的爭端衝突。她詩裡的溫柔字句，真摯動人：

你希望你死去或活著
其他人也一樣
有一個你愛的國家嗎？
或一個字？
你當然記得的。

——拉薇寇薇特茝，〈當然你記得〉

追尋，並且介入。但詩與政治畢竟不同的，政治上的制壓與攻擊，在詩人的視野裡是憐憫與撫慰。詩不是砲火，而是傷口的繃帶。以色列詩人和巴勒斯坦詩人，在國家衝突中仍然有文化上連帶的聲音，那是一種對於和平的憧憬，那是善美的追尋。

從一九四八年建國以後開展的以色列當代詩歌，從一九一〇年代出生詩人、一九二〇年代出生詩人、一九三〇年代出生詩人，已經嶄露頭角的已到一九四〇年代、一九五〇年代，甚至一九六〇年代詩人。阿米爾．歐爾（Amir Or, 1956–）已是出版七本詩集並有作品被譯到其他語言的新秀詩人，研究哲學和宗教，對於古老神話有興趣的這位以色列詩人和許多用希伯來語寫作的該國詩人一樣，對於歷史與文化主題的觀照極為重視。

路人啊！離開小徑一會兒
在莓果樹和葡萄藤之間坐下來
水和樹和石頭這麼白
就在這兒我，一個男孩，一個王，躺著
我的臉冰冷如大理石，我的手，我的腳
我穿戴羊齒植物和落葉
我也未曾遠離家鄉
我也曾活著而且呼吸生息
路人啊！離開小徑一會兒
壓我臉上的野莓。

——阿米爾．歐爾，〈墓誌銘〉

巴勒斯坦地方在一九四八年以色列建國時，被猶太人佔領，巴勒斯坦的阿拉伯人失去自己的土地，他們的土地成為以色列的屯墾區，以色列和巴勒斯坦的紛爭在國家意理和現實裡，勢如水火。在衝突和對立裡，詩人發出撕裂心靈的聲音，以色列經常派兵襲擊反抗的巴勒斯坦，而巴勒斯坦的獨立建國運動也鍥而不捨地展開在故土重建自己國家的努力，並在境外的阿爾及利亞成立巴勒斯坦國，阿拉法特生前領導的巴勒斯坦建國運動與以色列控制的巴勒斯坦地區共同協力，追尋自己的國家目標。

當以色列不斷有來自世界各地的猶太人加入時，巴勒斯坦人相對地流亡在阿拉伯諸國，或到歐美其他國家。在流亡和追尋的對照裡，巴勒斯坦詩人比起以色列詩人有著不同的經驗，他們的追尋和介入更深切地和疏離及流亡關聯著，既疏離和流亡而又追尋與介入。

巴勒斯坦詩人參與巴勒斯坦解放運動的例子很多，著名的詩人達衛許就曾是巴解（PLO）執行委員會的成員。經歷過長期國家不被承認，沒有真正國土的處境，但巴勒斯坦的詩人們將他們民族的流亡和追尋、建國的意念、悲哀和歡喜，呈顯給世人感受、傾聽。一九九〇年代初，世界上多數國家承認巴勒斯坦；一九九八年，聯合國更以壓倒性的多數通過一項將巴勒斯坦代表國地位升格至準國家等級的決議，之前巴勒斯坦領袖阿拉法特還與以色列總理拉賓同獲諾貝爾和平獎。

達衛許的詩，是巴勒斯坦的聲音，深刻透露的流亡和追尋。他以獨特的角色介入政治，在阿拉法特許多向世界發表的動人演說中都有他的參與。儘管達衛許認為自己不是政治人物，而是對真實有特別寄望的詩人，但他的參與和介入發揮重要的政治影響，不只在巴勒斯坦，也在阿拉伯世界有重要的地位，以色列人也會傾聽他這樣的詩人的聲音。

登記上去
我是阿拉伯人
你們偷了我耕種的土地
而你們留給我們和我所有孩子的
除了石頭外一無所有。

——達衛許，〈身分證〉

不要對我說
我是否願做一個阿爾及利亞麵包商人
那我也許會和叛徒歌唱
朋友啊，我們的土地並非不毛之地
每個國家創立有時機
每個黎明對一個反抗者而言是一個註記

——達衛許，〈祈願〉

你們有你們的勝利而我們有我們的
我們有一個國家
一個我們只隱隱約約看得見的國家。

——達衛許，〈我們走向一個國度〉

達衛許曾經號召包括索因卡（W. Soyinka, 1934–）這位奈及利亞諾貝爾文學獎得主和許多世界知名詩人、作家、導演為巴勒斯坦遭受以色列的破壞攻擊仗義執言，挺身而出。儘管他在以巴簽訂和平協定的一九九三年就脫離PLO，但他一直都是巴勒斯坦最堅定的聲音。

巴勒斯坦的現代詩歌源於近代殖民侵佔下的覺醒心靈，二戰後列強瓜分巴勒斯坦讓以色列建國的歷史更形塑了巴勒斯坦詩歌的現實情境，既是阿拉伯世界的聲音，又有巴勒斯坦獨特的聲音。這樣的聲音，在年輕世代的詩人嘎山．扎克唐（Ghassan Zaqtan, 1954–），也遺傳下來。

他爲我們指引……
就這條路

然後消失
爆炸之後
房屋的殘骸裡
他留在牆縫的手指
仍然指引著
就這條路
這條路。

——嘎山．札克唐，〈嚮導〉

黑暗殺害聲音
從石頭發出的
窒息在井底的蕁麻叢裡
而叫喊的聲音
令人毛骨悚然的尖叫
從樹林的黑暗之心轟響。

——嘎山．札克唐，〈黑暗〉

嘎山·扎克唐這位較年輕世代的巴勒斯坦詩人，也有參與巴勒斯坦解放運動的經歷，一如他的前行詩人達衛許。而在巴勒斯坦的解放運動組織，也有文學雜誌，詩歌更是他們國家和他們民族能夠共同諦聽的聲音。〈嚮導〉和〈黑暗〉，都有死亡的意象，都有破滅意象，反映巴勒斯坦的處境。他們的詩歌是血肉化的經驗，觸動生命中嚴肅的課題。

以色列和巴勒斯坦，中東問題核心的一部分，他們的詩歌肇源於特別重視詩的文化藝術傳統，又發生在最迫切的生與死衝突際遇。這兩個國度的詩，之所以被世人重視，除了他們的現實處境，也因為他們透過詩探觸課題的藝術能力。

在流亡與追尋、疏離與介入之間，以色列和巴勒斯坦詩人的夢與現實，交織著語言的亮光，成為探視黑暗，尋找願景和出路的地圖。既是流亡，也是追尋；既是疏離，也是介入。當以色列詩人的詩在陣亡軍人的葬式中被朗讀，當巴勒斯坦詩人的詩在苦難的人民之中被吟誦，詩成為活生生的存在，連帶著詩人與大眾也連結著集體的精神史與個別的精神史。

——《詩的異國心靈之旅》

以淚眼微笑，用諷喻為歷史做見證

——紀念波蘭詩人赫伯特（Zbigniew Herbert, 1924–1998）

因為戰後初期的共產黨檢查制度，赫伯特不願委曲求全，他的詩只能放在抽屜，這種情況被稱為「為抽屜而寫」（Write for Drawer）。但檢查制度使赫伯特的詩形成精緻而嚴密的風格，不但掌握深刻的歷史與人生主題，也特別具有藝術形式……

一九九八年七月三十日，一則小小的國際藝聞出現在報紙文化版的角落。我是這樣知道波蘭詩人赫伯特（Zbigniew Herbert, 1924–1998）逝世消息的。報導裡提到，赫伯特與兩位諾貝爾文學獎得獎的波蘭詩人齊名：米洛舒（C. Milosz，一九八〇年得獎）和辛姆波思卡（W. Szymborska，一九九六年得獎）。赫伯特也曾於一九九一年被提名候選諾貝爾文學獎，雖未獲獎，但他的地位不遑多讓，是本世紀波蘭最具代表性的詩人之一。與辛姆波思卡、赫伯特同樣生於一九二〇年代的另一位重要波蘭詩人則是羅塞維茲（T. Rozewicz）。他們三人與出生於一九一〇年代的米洛舒，在戰後波蘭文學呈顯煥發的光彩，不但對第二次世界大戰時的破壞經驗留下證言，也對戰後政治壓迫呈顯抵抗紀錄，透過詩藝術的動人力量譜設了波蘭精神與感情的樂章。

米洛舒以「哲學和歷史主題」在詩裡突出一格，他們那些世代的波蘭詩人都是某一意義的「災難性人物」。面對災難的經驗，在困阨的人生裡各自展開了以詩做為搏鬥和抵抗的藝術行程。辛姆波思卡以溫柔的沉思與默想；羅塞維茲以倖存者之眼捕捉；而赫伯特則透過晶瑩意象，以淚眼微笑的嘲諷，進行現實世界與生命情境的探索。

戰後的波蘭詩人，以詩呈構波蘭的精神史。透過波蘭詩的閱讀，歷史動向裡隱藏的聲音被低吟被吶喊。即使在困阨的年代裡，詩仍然發聲，而且與人民進行對話。詩在心靈裡，就像生活中的麵包一樣，那樣的脈動常常讓人寄以欽羨。

一九二四年出生於波蘭東部拉沃夫（Lvov）的赫伯特，是一個失去故鄉的詩人。因為他的出生地在第二次世界大戰時分別被納粹德國和舊蘇聯佔據，戰後成為蘇聯領土。在戰爭時期赫伯特開始寫詩，他同時參加反抗軍，與入侵的納粹德國作戰。在東歐國家，許多詩人都有類似的經歷。

戰後初期，赫伯特先後在幾個大學裡攻讀經濟學、法律和哲學，同時從事一般事務性的文書工作。出版第一本詩集時，赫伯特已經三十二歲，是一九五六年。因為戰後初期的共產黨檢查制度，赫伯特不願委曲求全，他的詩只能放在抽屜，這種情況被稱為「為抽屜而寫」（Write for Drawer）。但檢查制度使赫伯特的詩形成精緻而嚴密的風格，不但掌握深刻的歷史與人生主題，也特別具有藝術形式。

米洛舒十分推崇赫伯特，一向重視哲學和歷史主題的米洛舒不但譯介了赫伯特的詩，也在他有關波蘭文學史的著作中把赫伯特對二十世紀各種悲劇轉化在詩裡的企圖與特質，特別是赫伯特用「過去」對「現在」的觀看視野，認為赫伯特鮮活地處理了歷史。

赫伯特式嘲諷，使他的詩產生強烈的主題張力。他創造的「柯吉多先生」（Mr. Cogito），在詩裡登場，彷彿戲劇。他也是劇作家和評論家。一九五六年出版第一本詩集《光絃》後，出版了《漢密斯、狗和星》、《物件研究》，《柯吉多先生》出版於一九七四年。他的劇本有《哲學家之洞》、《另一個房間》、《詩人的重建》等。他評論法國和義大利文化和歷史的書《花園裡的野蠻人》，從書名可以想見諷喻。

赫伯特的逝世代表第二次世界大戰期間成長，開始寫詩，並於戰後展現詩之志業的詩人，詩人行程的句點。他們這一代人，在詩文學的歷史裡，代表貫穿第二十世紀的精神。在戰爭的浩劫裡，或在政治壓迫的困阨狀況下，這一代的詩人，特別是東歐的這一代詩人，盡責地完成了他們的詩使命，在意義的生動課題裡探觸了人類走過本世紀的心靈軌跡。

母雞

赫伯特／著　李敏勇／譯

因經常和人們在一起而變成和人一樣，母雞就是活生生的例子。她已完全失去一隻鳥的光彩和優雅。她的尾巴因突出的屁股而翹得高高的，像一頂俗麗的大帽子。她稀罕的狂喜時刻是當她以一隻腳站立，帶著朦朧的骨碌眼神高吊，令人訝異又嫌惡。此外，那笨拙的歌，喉嚨被割破般有說不出的滑稽是為了求一樣東西：一個圓圓的，白色的，有斑點的蛋。母雞讓人想到某些詩人。

我們的恐懼

赫伯特／著　李敏勇／譯

我們的恐懼
不穿著夜的襯衫
沒有狼的眼睛
不留下珠寶盒的蓋子

不吹熄燭火
也沒有一個死去男人的臉

我們的恐懼
是一張紙屑
在一個盒子發現的
「警告：德魯加街的
沃傑西克狀況危急」

我們的恐懼
沒有揚起風暴之翼
不坐在教室塔樓
她掉落地上

它有一套

快速應變模式
有暖和衣服
貯備物
和人手

我們的恐懼
沒有一個死去男人的臉
死者對我們溫柔
我們在肩上帶著他們
睡在我們相同的毛毯下

合上他們的眼
閉上他們的嘴唇
選一個乾爽地點
埋葬他們

不要太深
也不要太淺

兩滴眼淚

赫伯特／著　李敏勇／譯

森林著火時
沒有空爲玫瑰悲傷
——斯沃瓦茨基

森林正著火——
他們無論如何
要像玫瑰花朵
以他們的手環抱頸子

人們跑到避難所——
他說他妻子的頭髮
深得夠一個人藏匿

覆蓋一張毛毯
低吟著他們喜愛的
連禱文的無垢語字

當事況惡化
他們跳進每個人的眼裡
並且緊緊閉起來
那麼緊閉以致火燒睫毛時
他們也感覺不到火

一直到最後他們都很勇敢
一直到最後他們都充滿信心

一直到最後他們都不變
像兩滴眼淚
刺在臉的邊緣

註：斯沃瓦茨基（Slowacki, 1809–1849），波蘭詩人、劇作家，領導波蘭浪漫主義運動，是波蘭象徵派先驅。

柯吉多先生的地獄觀

赫伯特／著　李敏勇／譯

地獄的最底圖。同盛行的說法相反的是：
既不居住暴君也不居住弒母者，甚至也不是那些跟著別人身體走的人。它是藝術家的避難所，到處是鏡子、樂器，以及圖畫。一眼望去是最豪華的地獄公寓，沒有焦油，火，或肉體折磨。

這兒整年舉辦各種競技、節慶、和音樂會。但沒有特別高潮季節，幾乎永遠而且完全是高潮期。每幾個月新的時興就在此流行，而且出現時，沒有什麼能阻止前衛藝術家得意揚揚的前進。

魔王愛藝術。他誇言他的合唱團、他的詩人群，和他的畫家群幾乎都優於天堂那些角色。擁有較佳藝術的人擁有較好的政府。那是很清楚的。不久他們將能在兩個世界的節慶和對方一較長短了。屆時我們將看到但丁、安格里科以及巴哈留下的是什麼了。魔王贊助藝術。他給他的藝術家寧靜美好的膳宿，而且完全與地獄的生活隔離。

註：但丁、安格里科（E. Angelico，義大利人）、巴哈：分別是詩人、畫家、樂家。

——《顫慄心風景》

7. 隨筆

詩人的憂鬱

改革意識原本是相對於長期壟控統治權力政黨的動力，改革意識裡的國家重建和社會改造論曾經是對抗體制的關鍵能量。因為選舉形式的阻礙條件，慢慢地模糊了改革陣營的視野，逃避理想。

一九九七年末，有一天，我從台北搭機南下高雄，在慈林基金會舉辦的「慈林之夜」演講。主題是「種子的信仰和樹的信念」。

當時正是地方選舉過後：民進黨陶醉在勝利的滋味裡；國民黨唉聲嘆氣。其實權力的逆轉大於其他實質意義。長期參與支持改革運動、甚至被貼了「政治」標籤的我，也不感到特別欣喜。

演講中我想到：政治是短波運動，文化是長波運動的概念，並對趨附社會主流價值的觀念做了一些批評。畢竟，從「國家重建和社會改造論」的視野來看，這種戰術性的勝利又算什麼呢？

我所憂慮的是：在國民黨統治體制的虛擬中華民國選舉形式不斷異化下——政治改革運動質量不斷喪失革命性，得到了權力卻成為現實政治的俘虜，成了參與支持舊政治的共犯。「社會主流價值」在某種面相下就是共犯追尋的投影。

台灣的演藝化政治生態不但令人憂慮，也令人厭煩。我在一首詩〈片思〉中引用了奧登的短章：

隱私的臉在公共的地方
比公共的臉在隱私的地方
更聰明美麗

我批評演藝化政客的醜態：「一些搞政治的男人和女人／令人覺得噁心」。詩人的憂鬱存在著社會批評。

奧登（W. H. Auden, 1907–1973），英國詩人，後來歸化美國籍，是本世紀相當傑出而且有影響力的詩人。他有關「隱私的臉」與「公共的臉」的短章，在我厭煩台灣政治生態時，進入我的思緒裡。像銳利的匕首，奧登的短章剖開社會面相，一刀見血。

長期的戒嚴統治時代，威權統治權力當局主宰了一切，這個島國的心靈被扭曲。解除戒嚴以後，商業力量取代了政治力量，現在的政治是以商業形式演出的。政治人物成為傳播媒體的主要商品，成了演藝人員。

一些搞政治的男人和女人，成為我們國度動作頻繁的政治賣藝者，趨附輕薄浮誇化的主流價值，而不去思考量化迷思中的課題。

許多自詡為聰明美麗的男女政客，其實很噁心。但在傳播媒體不當效應牽引之下，得意自滿，挾著票房的身價穿梭於公共領域，競奪的卻只是權力。

改革意識原本是相對於長期壟控統治權力政黨的動力，改革意識裡的國家重建和社會改造論曾經是對抗體制的關鍵能量。因為選舉形式的阻礙條件，慢慢地模糊了改革陣營的視野，逃避理想。

選舉使改革陣營競奪到某種程度的政治權力，產生了聯合壟斷政治權力的心態，美其名為務實化。

在這樣的景況裡，生活的真實在陌生人群裡的顯現，常常讓人覺得可貴——令人珍惜。因為我們的世界畢竟是靠一些默默跳動的心在運轉，而不是靠政客的油腔滑調。

——**《彷彿看見藍色的海和帆》**

藏在殖民體制裡的聲音

台灣的國家重建事實上是自我拯救的一種努力。但文化動向中藏匿著許多殖民統治權力聲音，經常藉著各種場域散播。

星期天上午，打開音樂頻道，一個以兒童為對象的節目撥放愛爾蘭音樂。主持人穿插的話語詢問著孩子：愛爾蘭獨立運動讓人人不安、讓世界不安，好嗎？標榜提供沒有壓力的聲音，但卻提供另一種看不見的壓力，武斷而簡單地在單純的孩子們領域，提示複雜課題的負面形影。

其實，稍有見識的人都曉得：愛爾蘭的文學和藝術，包括音樂在內，令人感動的素質裡，包含著他們民族在追求自己獨立國家人格的愛與痛。

對我們來說太深奧了

簡單而不能理解就像
一朵花離開泥土搖晃著

這是一首悼念炸彈爆炸死亡女孩的詩歌片段。他們民族的音樂聲音絕對不是童騃的愉快、不是一味自以為脫離壓力的聲音，而有著深刻而真摯的追求抗拒壓力的心性。北愛的獨立運動令人深思，不是可以武斷簡單被夾帶在反動話語裡灌輸給兒童聽眾的。

在我們的國度裡，嚴重的認同問題阻礙在國家建構的文化意理中。我從來不是國家主義者。我認為，台灣的國家重建事實上是自我拯救的一種努力。但文化動向中藏匿著許多殖民統治權力聲音，經常藉著各種場域散播。許多商業負載的文化活動充滿利己機會主義心態，進行著反認同的破壞，例如電影「金馬獎」呈顯的事態。

全世界注視著西藏追求獨立的努力。「Free Tibet」幾乎是響徹天邊的呼喊，連充滿銅臭的好萊塢電影都有電影人透過演藝表達同情。台灣的電影片商懂得發行《火線大逃亡》（Seven Years in Tibet）賺錢，卻不能像其他國家電影展能不畏中國的威脅，讓主要演員參與自己的影展。這種僅視電影為商業營利而輕忽文化意義的生態，反映了台灣電影界輕浮的一面。更嚴重的是：在一貫的輕浮裡，以往長期依賴台灣統治權力，支持轉而仰賴中國市場的媚態。

台灣當局與中國當局在糾葛不清的國共內戰延續餘燼裡，模糊了國家視野。在台灣內部存在了意涵不同的國家。台灣（共和）國、中華民國（在台灣）、中（華民）國、中（華人民共和）國……的光譜在我們的土地上存在著。長期被教育與大眾傳播形塑的國民人格是混亂的，因而不能明確而堅定地展開自我認同與追尋之路。

引介愛爾蘭音樂而不願意正面陳述愛爾蘭人在自我認同與追尋之路的努力，並從他們的努力裡汲取意義；發行反映西藏人被中國壓迫的影片，卻只能貪圖營業利益，曲意弱化文化和政治意涵。從某一方面來說，這都是在台灣被扭曲的國民人格所展現出來的黑暗。這樣的黑暗仍然被現在的統治體制包庇著。不意識到這樣的事況，具有重建意義的「台灣獨立」運動基盤不會是夠堅定的。

翻閱葉慈（W. B. Yeats, 1865–1939）、翻閱希尼（S. Heaney, 1939–2013），在他們的詩裡會讀到愛爾蘭。這個多沼澤的國家堅持他們不屬於英國，而她也確實獨立了，除了爭執中的北愛爾蘭。愛爾蘭的文學藝術想像是他們民族心靈的圖像和聲音，是台灣人在追尋建構新國家的啟示錄。台灣要凝聚自己的聲音、要形塑自己的聲音、要向世界發出有自己文化和國家人格的聲音。

——《彷彿看見藍色的海和帆》

詩之志

美國詩人佛洛斯特：「權力使人腐化；詩使人淨化」，期待從事政治改革運動的朋友們能夠持續不斷堅持理想。

從台北移居宜蘭的一對醫師夫婦，先生在宜蘭醫院服務，太太開設婦兒科診所。他們是嚮往宜蘭綠色治縣的理念，而寧當宜蘭人不當台北人。他們的婦兒科診所想要在門面展示一首我的詩，徵詢我意見。我提供〈心聲〉給他們。

我的〈心聲〉這首詩，有通行中文和台灣話文兩種版本。台灣話文版本收在CD詩集《一個台灣詩人的心聲告白》裡，配合我的親自朗讀。對於移居宜蘭的醫師夫婦心情和婦兒科診所性質，這首詩十分合宜。〈心聲〉是八段三十二行詩，開頭是：

我只歌頌土地

如果我只會當愛一個對象
就是妳
——咱的島嶼

詩的內容是從海邊、山頂、鄉村和都市，對台灣囝仔的夢想和期盼，希望孩子們的新生命充滿自由和歡樂。詩尾提到「島嶼的航程佮方向／是為著這款的夢想／咱流過的血佮汗／也是為這款的希望」，以及「編織夢想／描繪希望／為著綠色和平的島嶼／台灣」。〈心聲〉這首詩，曾經在民進黨第一次遷移中央黨部的黨慶活動中，應當時主掌文宣部的陳芳明邀請，在典禮中朗讀過。記得當時我特別引述美國詩人佛洛斯特（Robert Frost, 1874–1963）在甘迺迪就任美國總統，應邀讀詩祝禱美國時提到的：「權力使人腐化；詩使人淨化」，期待從事政治改革運動的朋友們能夠持續不斷堅持理想。做為一個詩人，我只歌頌土地，不會去歌頌權力。

台灣的政治改革緩慢，但政治權力的重分配有著顯著的輪廓。政治改革的主題似乎在權力的重分配裡模糊掉了。我們看過舊體制的氣息瀰漫在台灣上空，習慣對文化和經濟掌控的政治權力，不斷在他們的發言裡強硬自己的意見。受託經理人的性質未確立的政治人物儼然「國家」的主人，且不容質疑。而這個「國家」卻是不確定性的存在。

太崇拜政治人物的性格使台灣人在殖民體制裡不能充分覺醒。戰前的日本殖民統治，戰後的中國殖民統治，不是都依賴過台灣人馬前卒嗎？我們的國度裡，何曾真正卑視過那些在殖民統治體制裡的共犯！相反的，只要有了政治權力，不管以何種方式取得，不管有何種不當作為，彷彿那權力的光環會迷倒眾生。這種不乾淨的政治文化，如何能去除權力的腐敗和政治人物的腐化？

我知道，像我這樣的文學工作者不會被統治權力體制所喜。但我遺憾的是，政治改革運動者的權力分配比重增加時，我的聲音也會成了他們不喜歡的聲音。看見那麼多有志於文學的台灣人，因為我們社會的政治和商業公害生態而脫離奮鬥隊伍，看到有許許多多結構在政治和商業的文學販子，我仍然要堅定地說：

我只呵咾自然
如果我必須爲愛獻身
一定是爲繁茂的草木
鳥的歌聲

——《彷彿看見藍色的海和帆》

文化願景

一個人的生命可以因某種意象的認知而改變；一個國家的生命也可以因每個國民在意識和感情所形塑的精神而改變。

歲末，一個星期天的上午，我和文學界的友人在高雄市立美術館看俄裔雕塑藝術家查德金（Ossip Zadkine, 1888–1967）作品展。南台灣暖和的冬天陽光襯托戶外風景的熱情調性，但在展覽廳堂，六十六件充滿抒情意味的雕塑，以冷斂的藝術品性在沉默中散發張力。

我和朋友，站在查德金生平簡介的展板前，讀他三十八歲在巴黎阿薩斯街新住家（現在是查德金美術館）寫給朋友信上的一句話，感動良久。

——來看看我阿薩斯的家，你就會了解一個人的生命可以因一座鴿舍、

一棵樹木而有所改變。

看似平淡卻反映出生命真摯光輝的話語，蘊含著真正的追求。鴿和樹的象徵意義，對曾經在第一次世界大戰自願入伍以擔架兵身分參戰的查德金而言，暗示了他以詩意與生命力從事雕塑藝術的願景。

在本世紀經歷兩次世界大戰，並於一九四一～一九四五年間逃離納粹威脅，避居美國的查德金，大部分人生都離開出生地俄國，住過英國，落居法國，見證了人類文明中的戰爭破壞和浩劫陰影。在某一意義上，他也見證了國際的政治破壞，終其一生都在以藝術、透過雕塑對應現實。

我在查德金雕塑的幾座有關梵谷的頭像裡看到他，看到藝術家在困厄處境裡追尋意義的形影。相對於政治人物，這樣的形影更為真摯。想到藝術與政治，腦海裡浮出日本詩人谷川俊太郎在蘇聯解體前去了莫斯科後，在一首詩裡寫下的：「列寧的夢想消失了／而普希金的秋天留下來」。

我們的國度裡，意義被破壞，充塞著粗暴、誇張、虛情、假意的言語狀況。報紙電視盡是政治和優伶的演練和展示。我們的社會沒有真正與藝術力量對話的環境，許許多多「文化建設」，在我看來只是政治文宣和政府新聞交雜的製作物。這樣的國度和社會，政治改革豈能不被異化？

離開高美館，看到附近路標「美術館路」，心裡浮出一點欣慰，但隨即就陷入熱河、遼寧……的中國迷障裡。其實，不只是高雄，台灣各地的大小城市在戰後都淪陷在這樣的情境裡，這種文化迷惘是統治者在我們上空撒下的障礙，阻礙自我認同的形成。

一個人的生命可以因某種意象的認知而改變；一個國家的生命也可以因每個國民在意識和感情所形塑的精神而改變。台灣的政治改革缺乏真正的文化性，將無法進行真正的重建。畢竟競奪權力只是政治機關控制形式的調整，國家的身體和精神並未能從被破壞中真正復健。

我們的國度裡有沒有查德金？如果有，我們的國民是否能夠與之對話？想到這裡，查德金一九五三年在荷蘭港都鹿特丹豎立的雕塑「毀壞城市紀念碑」浮顯在我腦海。我們的國度，要豎立幾座「毀壞國家紀念碑」呢？

——《彷彿看見藍色的海和帆》

以文學告解

戰後以來，台灣文學的歷史際遇和發展情境，反映的是政治和商業公害制約下的困境。我們缺乏相形於世界文學優異質素的文化肌理。

在德國詩人、小說家葛拉軾得到今（一九九九）年的諾貝爾文學獎，我想到另一位諾貝爾文學獎得獎作家大江健三郎（一九九四年得獎）。在某種意義上，是他們兩人有共同的投影。

大江健三郎和川端康成是得到諾貝爾獎的兩位日本小說家，但他們並沒有共同投影。大江健三郎在諾貝爾文學獎得獎致詞的主題：「我在曖昧的日本」，和川端康成的「美麗的日本與我」相比，存在著差異。

大江健三郎甚至在演講中，公開提及川端康成演講的意義「極為美麗，也極為曖昧」。他說：「與二十六年前（一九六八年）站在這裡的同胞（川端康成）相較之下，我覺得七十一年前（即一九二三年）獲獎的那位愛爾蘭詩人葉慈更為親切。當時，他就是我的年紀。」

大江健三郎以一個日本小說家的身分，自稱是葉慈的謙卑弟子。他引述愛爾蘭國會祝賀葉慈獲諾貝爾文學獎的語辭：「因為您的力量，我們的文明因而能夠被世界評價，您的文學……守護了人類的理智……」自稱無法和川端康成一起喊出「美麗的日本與我」的大江健三郎，終究是烙印著二次大戰傷痕的小說家；在戰後的日本現代化進程中，一直處於痛苦的贖罪狀態，思索著文明發展中的種種課題。

不斷在為界定理想的日本人形象努力的大江健三郎，批評自己國度經濟繁榮孕育著危險的胚芽。因此他憧憬人道主義社會，也追尋人文主義思想。他是為了「從自己意願出發展望世界，並對人類的醫治與和解貢獻力量」創作嚴肅文學的小說家。

這些文學形象讓我思考自己，反省我們的國度文學現象。我們常常在報導諾貝爾文學獎得獎消息的表層新聞中怨艾；深入地了解和探討諾貝爾文學獎的得獎人文學的內容與社會的視野，是欠缺的。而且戰後以來，台灣文學的歷史際遇和發展情境，反映的是政治和商業公害制約下的困境。我們缺乏相形於世界文學優異質素的文化肌理。

在這樣的困境裡，我持續寫詩；持續追求世界文學裡的對話情境，彷彿在意義的黑夜尋覓光。

詩
其實是
自己面對自己的備忘錄
每一本詩集
都是自白書
像歷史告解
人生的罪與罰
愛與歡樂
種植在心田的言語之樹
飄盪在風中
寂寞或憂傷的
聲音

我讀著自己的〈自白書〉，追索自己文學之路的行跡；也探看我們國度的文化和藝術肌理；思考我們的社會，想像我們的發展之路。

——《彷彿看見藍色的海和帆》

靈魂的顫慄或飛舞

文學常常既連帶著國家，卻又被控制國家的權力切割凌虐。在極權專制時代，許多愛國的文學家，常常是內心的政治流亡者，或真正被放逐到異域。

在巴斯特納克（Boris L. Pasternak, 1890–1960）的一首詩：〈諾貝爾獎〉，我讀到這位前蘇聯詩人的心：

像在一支筆裡面的一匹獸，
我被從朋友們、自由、太陽驅逐開，
但獵殺者增加著土地。
我沒有其他地方奔跑。

這首詩寫於一九五九年。之前的一年，諾貝爾文學獎決定頒予巴斯特納克。但是「在當代抒情詩和俄國的史詩傳統上，他都獲致極大的成就」的理由，並沒有為巴斯特納克帶來真正的欣喜。先是他回電給諾貝爾當局「瑞典學院」說：他「無限感謝、感動、驕傲、驚訝、惶恐」，但後來不得不向蘇維埃國會表示，他不會離開自己的國家。

巴斯特納克說：「……政府不會讓我離開蘇聯。但是，對我而言，這是不可能的。我的出生、生命及工作都與俄國連在一起。……被放逐等於判處我死刑。……不要對我做這麼極端的判決。」

巴斯特納克沒有出席瑞典領取諾貝爾文學獎，他說他的文學意義關係到他居留的社會。但他的婉辭並沒有改變獎的有效性。〈諾貝爾獎〉這首詩，是翌年巴斯特納克坦露的心聲。詩的結尾：

而以這樣的繩結套在我咽喉
我會要一些些時間
好讓在我右手有人藉以
擦拭我的眼睛

我想起久遠以前巴斯特納克的事例；我也想起另一個前蘇聯時期的諾貝爾文學獎得主，小說家索忍尼辛（Aleksandr Solzhenitsyn, 1918–2008）——他離開自己的國度，後來回去解體後的國度；更想起一位不回去的詩人，一九八七年諾貝爾文學獎得主布洛斯基（Joseph Brodsky, 1940–1996）。

我這麼想，是因為文學常常既連帶著國家，卻又被控制國家的權力切割凌虐。在極權專制時代，許多真正愛自己國家的文學家，常常是內心的政治流亡者，或真正被放逐到異域。但是，時間總是會給堅持文學良心的詩人、作家平反；相反的，錯誤的政治在缺少權力支持後會顯示其醜惡。

曾經前蘇聯時代有過一代人成長於記誦巴斯特納克的詩，甚至在他朗讀遺忘數行時，群眾便會主動回應那些詩。我喜歡他為《齊瓦哥醫生》這本書所說的話，他說他不後悔在書裡說的：「個人仍是最基本的價值，而不要成為國家的奴隸。」

尊重個人基本價值的信念，才能建構真正的民主國家。在政治權力常常破壞文化的基本成分時，我想起巴斯特納克堅持保有赤裸的靈魂的想法，文學畢竟是靈魂的顫慄或飛舞。

——《**漫步油桐花開的山林間**》

如何能不發出悲哀的聲音

愛爾蘭的瘋狂將詩人刺傷成詩，而愛爾蘭詩人則將他們國度的冤錯化為詩的甜美。在吳潛誠的評論志業中，愛爾蘭與詩人和詩之間；傷痕與詩，冤錯與甜美的矛盾與調和，常讓我想起我們自己的國度。

「根植美麗島，織傷痕成詩篇。」

我靜靜地坐著，帶一些悲傷，望著《靠岸航行》——一本關於文學與文化評論，以及《島嶼巡航》——希尼（S. Heaney, 1939–2013）和台灣作家的介入詩學。我彷彿仍然看到吳潛誠的臉——他是台灣大學外文系副教授，甫自他創立的東華大學英美文學系三年系主任任期返回台北，卻不得不面對死亡。

雖然他在病房日記留下：「死亡來臨時，不必覺得愧疚。」但是死亡這個穿著黑衣的異鄉人殘酷地帶走一個為我們島嶼文藝復興鍥而不捨織夢的朋友，仍讓我們不捨。吳潛誠甚至看不到這兩本在他告別人間才問世的書。他要靠岸的航行如何靠岸？他為島嶼巡航的心願如何持續？

離開花蓮東華大學要回來台北時，吳潛誠在一篇送別文章中，引譯英國詩人丁尼生（Alfred Lord Tennyson, 1809–1892）詩：〈越過沙洲〉的片段，像是他告別人間留下的寄語：

落日和黃昏星
以及一清晰的呼喚在喊叫
但願爲我進入海洋，
沙洲不發出悲傷的聲音。

死亡後走向的國度是一個海洋嗎？有落日、黃昏星和清晰的呼喚嗎？即使如此，我們又如何能不發出悲傷的聲音？我這麼問，想起一九八〇年代中期他仍在美國西雅圖華盛頓大學時寄回來《台灣文藝》發表的〈愛爾蘭啟示錄：文藝復興〉。吳潛誠是台灣最著力引喻愛爾蘭獨立運動中文學形貌的研究與評論者；他把愛爾蘭和台灣兩個綠色島嶼連帶起來。

吳潛誠在他一九九九年春出版的《航向愛爾蘭》一書，以葉慈為中心評論了愛爾蘭認同問題與文藝發展的辯證統合，對台灣的類似事況提示憧憬的指標；在新書《島嶼巡航》，則反省思考了台灣文學，引喻繼葉慈之後的愛爾蘭詩人希尼的介入詩學，對台灣詩人介入公眾議題予以肯定並提供意見。他的努力，對於台灣文學的重建以及台灣政治改革運動中民主化與獨立的文化課題做出了貢獻。

愛爾蘭的瘋狂將詩人刺傷成詩，而愛爾蘭詩人則將他們國度的冤錯化為詩的甜美。在吳潛誠的評論志業中，愛爾蘭與詩人和詩之間；傷痕與詩，冤錯與甜美的矛盾與調和，常讓我想起我們自己的國度。我翻閱吳潛誠的書，向已經往前走去的朋友說：「面對死亡，你不會愧疚。」但我仍忍不住悲傷。

我默讀吳潛誠自愛爾蘭詩人引譯的「在心靈的打鐵店，冶煉尚未被創造出來的民族良心」。然後我在我心靈的記事簿寫下：

「航向愛爾蘭，化冤錯為甜美。」

——**《漫步油桐花開的山林間》**

8. 文學評論

戰後台灣文學的病理與生理

——在轉振點的省思

一

戰後，台灣的文學除了一九四五、四六年間，還曾短暫地在報紙雜誌容許不諳中文的台灣作家以日文發表作品外，是以中文做為國語文的獨佔時代，文學以中文登場。日據時代以日文建構文學世界的台灣作家，面臨了語言的斷絕、或面對著大陸中國來台作家操持中文的優越態度，以及彼等以文章為文學的文人藝術觀，有許多人是沉默鬱鬱以終。少數繼續寫作者，也備受桎梏。

這種斷絕，在島嶼台灣的文學發展生態上，至少有這樣的影響：

（一）與日本同步，已經在十九世紀末期就吸收的：德國浪漫主義和法國象徵主義等西歐文學與近代社會意識；在二十世紀初期又進一步拓展的：包括自然主義文學，托爾斯泰「人道主義」，惠特曼「民主主義思潮」詩風以及藝術至上觀念，和現代主義思潮，均因語言斷絕的作家退場而讓與大陸中國來台作家（不幸的是，少數來台較重要作家並未登場）重新摸索。導致戰後台灣文學理論與批評的不全，因而文學的價值未能充分建立。

（二）在日本殖民地統治的政治條件下，以及太平洋戰爭經驗的體認中，台灣作家建立的抵抗與批判精神傳統，因為文學讓位對象的大陸中國作家普遍以統治者同格地位及主流文化態度現身，充滿霸權與霸氣，因而消失殆盡。文學的社會責任與倫理立場未能認知、實踐。

在這樣的文學發展生態上，面臨了政治權力當局壟控社會力的運動，以政治力宰割，置文化力於政治力附庸之下；置經濟力於政治力控制之中。文學無異官方文化圈定的傳聲筒，並無法在文化意義上真正建立地位，給予社會發展精神動力。

三

相對於戰後日本文學，透過對侵略戰爭所造成的意義廢墟的凝視反省與對歌頌戰爭文學家之清算；相對於戰後韓國文學對殖民地時代之思考與反省；相對於任何在戰後，具有反省能力的，包括戰勝國和戰敗國的社會而言，台灣的戰後文學是在缺乏對戰前歷史有過思考和反省的文學，台灣社會是在走出戰後歷史的同時未從意義的廢墟走出，以確立新的文化意義的社會。這樣的體質對於檢視戰後台灣的文學，省察文學與社會的關聯景況，具有重要的意涵。

非但如此，在台灣文學、台灣人文學和戰後退居的外省人文學特殊構成裡，也沒有對戰後族群精神史的重大遭遇給予正視，並確確實實踏過族群的血淚。不管是台灣人或外省人作家，戰後的台灣文學在斷絕了台灣原已建立的抵抗和自我批評精神傳統後，並未能在族群的生命景況凝視中，建立血肉化的文學體驗。

對於戰後台灣人文學而言，凝視二二八事變的意義廢墟，從灰燼裡堆積的破滅祖國憧憬和中國接觸的悲慘體驗，才能調整出邁向族群新的路程視野。然而，由於操持日文的台灣人作家的語言斷絕以及白色恐怖惡夢，雖則他們目擊並親身經歷了歷史現實，也無能為力；而後續的台灣人作家，由於橫行的恐怖惡夢，或由於體驗之不足，除了極少的作家外亦沒有在這一關鍵性歷史經驗上，投入墾拓的心影。沒有通過這一個歷史經驗的嚴酷煉獄，戰後的台灣人文學的現實與社會意義變得欠缺不足，逐漸脫離真正精神史的行列，因而也充滿了虛飾矯情。

對於戰後，特別是中國內戰後隨國府退居台灣的外省人作家而言，凝視中國內戰的意義廢墟原應是他們建立真正有價值的文學的條件。中國作家對日本侵華戰爭的思考與反省之不足已構成重大缺憾；如果能夠從中國內戰去思索，未嘗不能建立出中國戰後文學的嚴肅與扎實體質。但是少數優異來台作家的沉默，對照出許多反共作家的戰鬥文藝官僚宣傳意味，使中國內戰這一國共糾葛的悲慘經驗的檢證矮化、萎縮成為政治權力的裝飾聲音。沒有真正凝視從大陸退陣來台的嚴肅意義，戰後台灣的外省人文學的現實與社會意義也成為薄弱不堪，充滿了附庸於統治權力的虛假偽善，以致大多淪為鄉愁腔或泥古調。

這樣的戰後台灣文學的發展，雖然經歷了現代文學的反戰鬥文藝風潮，但現代文學也終至成為脫離了土地和人民的文學；而鄉土文學糾正了現代文學的虛脫身段後，也顯示了某些淪落於口號教條傾向，竟而仰慕起大陸中國凝視文革意義廢墟的文學起來。在自己的土地，嚴肅地凝視現實的真實並能夠把握藝術的真摯的文學，不能充分實現。

三

台灣社會正面臨轉捩點，四十年後的戒嚴體制所宰制的社會發展，面臨新的景況。在政治上，民主化的要求更為急切；在經濟上，合理化的要求也是要務。正常健全和進步倫理的優質性文化才能使社會發展走出戒嚴統治形成的困局；文學也應放在文化上的位置來要求參與社會發展。

畢竟，藝術和科學是文化範疇中最具創造性的領域，而文學是藝術領域中最明確的意義符號。文學不但使族群社會的精神史呈現明晰軌跡，更能繪出光輝，指示族群社會精神史的方向。

沒有優秀的文學，沒有充分意義的文學，沒有在現實、想像與藝術達到高度條件的文學，一個族群社會無法凝聚價值上、風格上與象徵上的精神視點。因此，不能對族群社會的藝術形成提供充足的支持，不能使藝術和科學所構成的創造性意義充實，而達到文化意義上的優質化。

也因此，文化力不能解除政治權力的破壞和扭曲。台灣社會在戒嚴體制解除形式上的宰制後，政治權力和民間的重建力的競逐和對峙所呈現的僵局，也是因為文化力的優質性不夠，在意義辯證上陷入困難所致。

使族群社會精神覺醒，以便充分體認到社會重建的需要，並充分體認到社會邁入正常健全的政治、經濟和文化條件，才能使族群凝聚共同力量，透過民間社會成員的智慧共同建構正常健全新社會所必要的意義與形式。而不是任由官方決定的意義壟控社會生態。

解嚴以後的台灣社會，政治權力對文學的影響已經從戰後四十年來的「政治作戰」文學改變路向，而由「流行商業」文學的疲軟更替。從「政治公害」轉而由「商業公害」來影響文學生態。使台灣的文學不能在文化意義上真正建立位置。

這種新的文學生態，值得嚴肅的文學工作者思考、檢視。因為，台灣社會已經在四十多年充滿破壞與扭曲的文學生態裡，不能正常健全得到辯證文化意義進而不能正常健全發展精神史，而使得社會發展上呈現偏頗的，因為意義喪失而導致的價值倒錯、風格混亂、象徵空洞的敗殘景象。雖然表面上看來，於族群社會肢體肥大，但台灣的心和台灣的腦所呈現的感性、知性卻並未健全健康。

台灣的文學必須在政治公害和商業公害的雙重破壞下，仍然能夠兼顧美與倫理道德的雙重要求，發展出真正具備意義高度，能夠和族群社會精神史相互運動的成就。文學才能和空氣一樣，成為族群社會呼吸之所繫，真正成為社會發展脈搏，參與精神史的跳動。

從被壓抑、被禁制的文學生態的歷史裡，仍然應該細心努力去察視雖不十分明晰，卻確實存在的台灣人文學的軌跡。從那血與淚與汗交織的幾近荒蕪的道路上，要讓台灣文學獨特歷史與地理條件構成的風景，展現出來。經過歷史的考察，去追索出一切能使文學真正參與文化重建和社會重建的意義和形式條件，在邁出戒嚴體制社會，走出正常健全進步倫理的新社會綻出貢獻。

——《戰後台灣文學反思》

穿越亞洲歷史的光與影

做為一個戰後出生的台灣詩人，對於台灣、日本和韓國之間洲際的與各國內部的現實，我常常寄以關切。台灣和韓國都曾經是日本殖民地，隨同第二次世界大戰的結束才從殖民地統治解放出來。戰後四十多年來，日本從戰敗國的廢墟再出發，重建了一個在亞洲首屈一指的國家並在國際上以非軍事力量建立了領先地位；而台灣和韓國的戰後社會發展則呈顯了內部的動亂和紛爭。三國之間的經濟往來最為密切；文化交流次之；而政治關係呈現複雜微妙狀態。譬如，日本和台灣並無正式外交，雙方係以非正式外交關係構成密切的往來。

在這種背景之下，戰前台灣在日本殖民地統治之下的經驗，成為歷史底流的影子；戰後台灣的社會發展才是我生命歷程的現實。依據著這種實存背景，日本詩人在戰後詩的經驗裡所表現的戰前、戰中意象以及戰後意象；韓國詩人在戰後詩的經驗裡所表現的類似意象，對於我而言，成為重要的借鏡。台灣詩人在戰後詩的經驗裡所表現出來的歷史底流影子和現實，當然更是我無法忽略的課題。

經由台灣、日本、韓國許多詩人的詩經驗的切磋和交換，特別是亞洲詩人會議和亞洲現代詩集的持續舉行和出刊，更提供了經由詩的文化交流而建立的相互之間的認識與了解。更因為詩是一種心靈信息的吐露，因此提供了足資諦聽，凝視三國之間微妙的、細微的顫抖和悸動的樂譜和圖畫，在亞洲國際的發展中，透過政治外交的關聯，經由經濟的合作當然能有助於共同的福祉，但是文化交流中真正的崇高使命才能超越競爭和衝突。做為一個台灣詩人，更由於做為一個亞洲詩人，和做為一個人類的詩人。透過台灣、日本、韓國詩對歷史底流影子的反芻，對現實經驗的認識、紀錄、思考和批評——泛亞洲國際的，或各國內部的，都應該具有在文化意義上的價值。

太平洋的墓地

中野嘉一／著　陳千武／譯

土著遺留下來這個島底燈籠般的燈塔沒有人來點燈
海嘯來也攀不上樹木的亡者們聚在一起聽濤聲
能在身邊聽松風的音樂時還覺得幸福呢
在珊瑚礁撿拾的魚骨或貝殼比我們早被海嘯捲走

日本詩人中野嘉一的這首詩，浮顯出太平洋戰爭夢魘般的形影。生於一九〇七年的這位日本詩人，是終戰時已三十八歲，經歷過二次大戰，甚至經歷過太平洋戰爭的詩人。「太平洋的墓地」這樣的題目已經強烈呈顯出戰爭經驗的破滅。

選入「亞洲現代詩集」第一集（一九八一，東京），在以愛為主題的亞洲詩人作品中，「太平洋的墓地」是從戰爭經驗裡咀嚼的生命之愛。島嶼上的燈塔沒有點上燈光，在岸上的陣亡者貼著沙灘的屍體已無法攀上樹木；但聽到松風也覺得幸福，因為生前撿拾的魚骨或貝殼甚至影子也沒有，被海嘯捲走了。

戰時，台灣人和韓國人都曾經以日本兵的身分參與了太平洋戰爭。日本詩人的戰爭體驗在台灣詩人、韓國詩人的身心上也出現過；然而，台灣詩人和韓國詩人，同時也是日本殖民地法治下的抵抗者，透過太平洋戰爭這樣的歷程共同對亞洲其他國家作戰，是殘酷的歷史也是荒謬的連帶。

殖民地

咸東鮮／著　陳千武／譯

被強迫
站在角隅不知多久？
在崖上　在崖邊　在崖下
被迫站在四方
我的家
被波浪流衝　流衝
流衝到最後
像乾燥的草屑
又像背著鞍的牛在那個地方
被迫坐下站立
暴力從腳尖籠罩到頭上的時候
雖是低音
但杜鵑的啼聲
挾著河水
清楚的聽到了
由於那聲音度過傍晚度過夏天度過歲月

在痛苦裡
哥哥卻爲了獨立運動
被抓去坐牢
那天在草叢裡夜的紡織娘吱吱地鳴著
像水被溶解的家族
受了微風也會敏感的反應
白楊那麼顫抖著
「這些傢伙假裝輸，就以爲是眞的贏了？」
咬緊牙根的父親
久等的光復正到眼前
卻因鬱火病去逝
像大蜻蜓飛來的
B－29轟炸機
最初像巫婆玩弄的銀紙那樣
害怕　但是
終於像染上紙門的紙冷涼的溼氣

溫和的
成爲殖民地的開始也是最後的歡喜
歡喜的現象
無法捕捉
然而我身心像箭弓那樣漲滿了
的回憶
現在也會甦生

一九三〇年出生的咸東鮮，是終戰時才十五歲的少年，比起前面引例的日本詩人中野嘉一來說，是次一世代的韓國詩人。

殖民地統治和戰爭經驗，在咸東鮮從兒童到少年的經歷，透過家庭裡不同成員的角色而呈顯出來。

哥哥為了獨立運動去坐牢，久等光復的父親在光復到來時卻去世了，這樣的經歷是殖民地的台灣也有的經驗；而轟炸韓國本土和台灣本土的美國B－29轟炸機都是脫離日本殖民地統治的經驗意象，這樣的回憶，在戰後的年代常常出現。

在這首詩裡，（選錄「亞洲現代詩集」第三集，一九八四，漢城）韓國詩人做為亞洲的一分子卻經歷了必須從遙遠的美國所投入的努力，和台灣詩人一樣，從同為亞洲一分子的日本殖民地統治的勞絡解放出來。

那霸街頭

——琉球・一九八三年

李魁賢

用曾經持槍和握佩刀的手
已經不見了的手
以不鏽鋼代替的畸形的手
支撐在被傷害過的大地
跪在那霸街頭
墨鏡可以防止太陽光的暈眩
草綠軍帽使光頭
永遠免對著於相見的天
手風琴哀怨著

終戰前地下決死戰壕內
被軍國主義所剖腹自裁的同志
哭泣的心
用殘軀向誰控訴呢
軍機一批一批呼嘯劃空而過
青少年一批一批喧嚷橫街而過

一九三七年出生的李魁賢，終戰時只是八歲的兒童，比起日本詩人中野嘉一和韓國詩人咸東鮮來說，太平洋戰爭經驗是較為模糊的，但是這首〈那霸街頭〉，卻從特殊的景象延伸了二次大戰經驗，並描繪了現代仍存在著的殘酷現實。

在戰爭中成為畸零人的琉球兵士，跪在那霸街頭，仍然存在著鮮明的戰爭影子。殘缺的身軀在戰後的光景裡烙印著戰友的亡靈，在手風琴哀怨聲中向世界行乞，緊覆蓋著光頭的軍帽遮掩著不敢面對的天日。在日本的領地上，仍然有一批一批的軍機在天空中呼嘯。那是美軍駐紮在琉球基地，在東西方冷戰結構的前線的佈署，曾經交戰國的美國，現在成為日本、韓國，甚至台灣的盟友，在另外一場可能的世界大戰的預想裡，扮演著另外一種角色。

刊於「亞洲現代詩集」第三集（一九八四・漢城）的這首詩，提示了共同的戰爭體驗，並呈現了延續景象。

戰後的亞洲世界，日本、韓國和台灣，從殖民地統治和被統治關係改變出來。分別被納入東西方對峙結構的最前線，在以美國為首的陣營裡，分別發展出各自的戰後社會。日本在軍國主義解體之後，走上民主化的道路，迅速地復原並發展出西方高峰會議國家行列的七個先進國之一的高度成長社會；而韓國在戰後的南北分裂，甚至南韓本身也在民主化道路上痛楚發展；台灣在國民政府撤退來台之後的民主化顛沛里程，也是歷盡滄桑。

韓國和台灣，從殖民地統治解放出來的戰後社會，各自陷入內部自我傾軋的經驗，從兩國內政困境上所顯現出來的對立和不安，也各自出現在詩人的作品裡。在喪失歸罪於外來殖民地統治政權的新現實裡，展現出來的愴痛也是深刻的。

從有鐵柵的窗

李敏勇

記得嗎
那天

下著雨的那天
我們站在屋內窗邊
你朗讀了柳致環的一首詩
「……
……
唉！沒人能告訴我嗎？
究竟是誰？是誰首先想到
把悲哀的心掛在那麼高的天空？」
順手指著一面飄搖在雨中被遺忘的旗
很感傷的樣子
而我
我要你看對街屋簷下避雨的一隻鴿子
牠正啄著自己的羽毛
偶而也走動著
牠抬頭看天空
像是在等待雨停後要在天空飛翔

我們撫摸著冰冷的鐵柵
它監禁著我們
說是爲了安全
我們撫摸著它
想起家家戶戶都依賴它把世界關在外面
不禁悲哀起來
從有鐵柵的窗
我們封鎖著自己
我們拒絕眞正打開窗子
讓陽光和風進來
我們不去考慮鐵柵的象徵
它那麼荒謬地嘲弄著我們
它使得我們甚至不如一隻鴿子
牠在雨停後
飛躍到天空自由的國度裡
而我們

我們僅能望著那面潮濕的旗
想像著我們的心是隨著那鴿子
盤旋在雨後潔淨透明的天空

台灣詩人李敏勇，一九四七年生，成長於戰後社會。透過〈從有鐵柵的窗〉這首詩，提供了台灣戰後詩的一種視野。

這首詩，選入「亞洲現代詩集」第二集（一九八二，台北），引用了韓國詩人柳致環的詩〈旗〉的結尾，透過柳致環詩中的旗的意象，以及柳致環對於旗幟的質問所反映出來的國家、政治感受，表達了對國家禁制權力的質疑。

從有鐵柵的窗，人被禁制在缺乏充分自由權的生存環境，透過對於外部世界的旗和鴿子的關連性，呈現心和思想的感受和意志。

台灣和韓國，在某些政治層面上的同樣狀況，從兩國不同世代的詩人的詩，貫連起來，具有相當程度的意義，也值得思考。

詩中的旗的意象，交叉出兩國政治批評的意蘊。在旗幟所呈顯的政治權力象徵的不幸感覺和對應態度，表現出做為人的抵抗情愫和反省。

這樣的詩是不同於反映殖民地統治和國際戰爭經驗，而反映了國家內部社會的政治狀況，是戰後台灣、韓國詩的獨特一面。

那些人

金惠淑／著　陳千武／譯

夢中碰見的
死人們
從我們的鼓掌中死去的人們
今夜
出現在我昏迷的夢中
疲憊地伸出手
因痛苦而歪了的臉
流淚的兩個眼睛
伸出褪色的手
伸出褪色的蒼白的手

啊　被我們的鼓掌殺死的人們
不怕世間任何力量的人們
那些人
今夜
踏過黑暗險惡的死
伸出哀傷的手
伸出手

那些人，是曾經沾滿血腥，擁有無須向人民負責的極端政治權力的人們。在掌握權力法治國家期間，壟斷了教育和大眾傳播，而阻止了所有的批評和譴責。然而，當他們的生命消逝，歷史倒轉出批評的一面時，便暴露出罪窮惡極的面貌。那些人，在詩人的夢裡，以極端卑微可憐的角色出現。

一九三七年出生的韓國女詩人金惠淑，這首詩選入「亞洲現代詩集」第三集（一九八四・漢城），以獨特的角度，用溫柔的同情鞭笞著那些曾經雄踞政治舞台，自詡為擁有現世間絕對權力的人們。他們因人們的鼓掌，因人們愚昧而盲目的歡呼和支持而未能覺醒；他們在現世曾經擁有的一切，死後都變形了，沾滿血腥的手成為蒼白無力的手，充滿哀傷。臉因痛苦而歪斜，眼睛流著淚水。

一切的權力終將受到公斷。現世的堂皇如果沒有正義基礎，將會在歷史的清算中，成為堂皇的反面。這是戰後韓國和台灣詩中所投影的現實，這樣的現實，在日本戰後的內部社會是缺乏的。

歌

新川和江／著　陳千武／譯

在森林裡有死去的孩子
像螢火蟲般蹲著
——中原中也

讓活著的孩子們
在光明裡蹦跳的是
黑暗裡的
死了的孩子們

讓活著的孩子們
在暖床上發脾氣的是
任由冰冷的河水流走的
沒出生的孩子們
讓活著的孩子們
增加體重　長高身子的是
死了的和沒出生的孩子們
沒用去而儲存下來的歲月

安眠啊
安眠吧
母親唱著搖籃歌
在世界的　屋頂下

把看得見的孩子和看不見的孩子
一起抱在一個手臂裡

用任何小小的耳朵也聽得見的溫柔的聲音

這首詩選錄於「亞洲現代詩集」第三集（一九八四・漢城），是一九二九年出生的日本女詩人新川和江的作品。終戰時已是十六歲少女的新川和江，是經驗過太平洋戰爭而且成長於戰後日本社會的詩人。

和前引日本詩人中野嘉一作品相比較之下，這首詩展現不同的情境；和台灣和韓國戰後社會經驗，詩的表現也呈顯了不一樣的意涵。這應該是基於日本的獨特現實所萌芽出來的詩的花朵吧！

唱著搖籃歌的母親，不是在日本的屋頂下唱歌，而是在世界的屋頂下唱歌；抱在手臂裡的是看得見的孩子和看不見的孩子。用任何幼小的孩子耳朵也聽得見的溫柔聲音。母親的搖籃歌撫慰著活著的孩子們，也安慰著未出世或已死了的孩子們。

像這樣同時懷抱著生和死，日本的和世界的，自己的和別人的孩子的母親的抒情，也許也包涵了太平洋戰爭經驗裡的罪與罰，是從軍國主義時代的夢魘覺悟出來的寬厚、溫馨人類愛。

這樣的詩，感動我們，因為超越了國境的詩情所洋溢的愛與關懷，感動我們。從這樣的詩，我們感受到戰後日本社會發展的平和與福祉，這樣的詩所呈顯的社會經驗對照出台灣和韓國的社會經驗的對立和不安，是戰後亞洲和戰前亞洲不同的歷史經驗。在我們各自思考著自己國家的現實時，或思考著亞洲，或思考著世界，思考著人類共同體時，都具有特別意義。

亞洲在發展中。從太平洋戰爭的歷史陰影脫離出來的亞洲各國，各自在戰後的世界發展。以台灣、日本和韓國為例，在東亞的這三個國家，日本的社會內部秩序因終戰的廢墟而覺醒起來，並在國際社會中學習展現新的面貌；而台灣和韓國，雖然從殖民地位統治中解放出來，被編入戰勝國的連結關係，卻無法建立出真正符合公理和正義的社會內部政治秩序。因而，台灣和韓國的社會力和國力都距離日本甚遠，在國際社會的地位也甚為懸殊。

在戰後新的政治，經濟和文化的國際社會關係中，雖然台灣和韓國各自也在經濟領域扮演出重要的角色，但是，三國之間面臨的非武裝的利益的衝突，也逐漸明顯起來，這實在是思考三國之間從歷史的陰影脫離出來，邁向在文化意義上和平福祉社會的亟待反省的課題。

做為一個台灣詩人，從亞洲的戰後詩經驗，特別是台灣、日本、韓國的詩經驗，常常使我得到教訓和啟諭，得到慰撫和勉勵，從詩人的志業裡所追求的超越國境和洲界的人類愛，才是真正能貢獻亞洲發展的精神指標。這種精神指標就是透過文化，對國家、民族意義的不斷辯證和努力做符合人類和平與福祉的實踐。

究越亞洲歷史的光與影，才能真正邁向一個和平與福祉的亞洲，才能真正邁向一個和平與福祉的世界，詩人就是為了探索這些語言而存在的；詩就是使這些語言光亮著才有真正的價值。

——《做爲一個台灣作家》

台灣在詩中覺醒
——笠集團的詩人像和詩風景

一

一九四五年八月十五日，日本戰敗，結束了對台灣的殖民地統治。但台灣並未因終戰而成為獨立的國家，反而在「祖國」的迷障裡，淪入了另一個類殖民地統治時代。短暫的無政府自治在同年十月二十五日結束，代表中國的國民黨統治權力入據台灣。在回歸「祖國」的懷抱後，台灣人民希望據此迎接戰後新紀元的天真認知，無視於兩者在政治、經濟、文化、社會上的差異，不幸成為悲劇的開端。因此，戰後的台灣歷史，可說是以一九四七年的「二二八事件」，以及隨後的清鄉運動和白色恐怖整肅展開的。

一九四九年秋，國民黨政權從中國全面潰退，大量的大陸人隨著逃難來台，台灣的族群因而更趨複雜化。比較一九四五年至一九四九年從大陸來台的中國作家、詩人與台灣的作家、詩人，雖然對於文學的中國座標或台灣座標曾產生爭執，但卻能共同對文學的現實主義精神予以肯定；而一九四九年後隨統治權力逃難來台的許多作家、詩人，實際上是統治者的文化幫閒或宣傳打手。

台灣的作家、詩人在經歷了語言斷裂及「二二八事件」之後，又再面臨文藝政策的箝制。面對著全由大陸來台的作家、詩人所把持的文壇，台灣的作家、詩人大都只能噤若寒蟬。然而，文學究竟不是政治教條所能完全控制和驅使的。五〇年代「戰鬥文藝」的口號雖然喧天價響，但通俗化的言情文學依然從政治隙縫裡滋生。在詩文學方面，一些反戰鬥文藝的大陸來台詩人，分別在一九五三年創辦《現代詩》（紀弦），一九五四年創辦《藍星週刊》（覃子豪等）。其中，紀弦更於一九五六年一月十五日成立「現代派」，網羅八十三位詩人，投入現代主義運動。

台灣詩人在經歷戰後坎坷的環境後，有的加入「藍星詩社」，也有的加入「現代詩社」。這樣的合流與一九四五至一九四九年間台灣作家、詩人與中國作家、詩人的合流不盡相同。因為這時候的台灣座標在文學的現代性和抒情性的覆蓋下未曾凸顯出來。

表面上，紀弦於五〇年代中期撐起了現代主義的旗幟，但實際上，旗手卻是台灣詩人林亨泰。換句話說，紀弦的「現代派」是在獲得林亨泰的理論支援後展開的。「現代派」的現代主義主張，後來由一九五九年改版的《創世紀》（第十一期）所繼承。此後，《創世紀》與《藍星》形成對峙的局面。《創世紀》標榜超現實主義，主要參與者也有台灣詩人。

到六〇年代初期，《藍星》和《創世紀》已無法按時出刊。他們的詩作後來逐漸脫離現實，變成怪誕、晦澀、虛無，而走入死胡同，七〇年代更受到強烈批判。

曾經參與《現代詩》、《藍星》、《創世紀》的一群台灣詩人，在經歷了以大陸來台的詩人為主的詩刊、詩社活動後，終於在島國的土地上結合戰前本土的根球，成立「笠詩社」，創辦《笠》詩刊，時間是一九六四年六月，距離日本結束對台灣的殖民地統治將近二十年。

二

一九六四年六月十五創刊的《笠》詩刊，與同年創刊的《台灣文藝》，是戰後台灣文學獨立自主新紀元的開始。《笠》的十二位創辦人中，包括戰前已寫詩但戰後未積極活動的陳千武（桓夫）、詹冰，戰後跨越過語言障礙的吳瀛濤、林亨泰、錦連，以及戰後出發的白萩、黃荷生、趙天儀、杜國清等人。

在台灣淪為國民黨統治權力下的類殖民地近二十年後，台灣詩人才結合起來，成立詩社，創辦詩刊，象徵了台灣詩文學的獨立運動——獨立於以在台灣的中國詩人為主導的詩文學運動之外，這至少有兩個重要意義：一是台灣詩人跨越語言文字的鴻溝後，已能純熟地使用通行的語言文字發聲；另一是台灣詩人跨越過「二二八事件」的恐怖肅殺經驗，從挫折中重新站立起來。

《笠》與《台灣文藝》的結社、出刊，比民主進步黨早二十多年，說明了戰後台灣本土反專制統治的文化覺醒與結盟已於六〇年代開始，而且持續成長、壯大。而《笠》也從初創的十二人，不斷擴大成員，增加到八十人左右。《笠》詩刊二十多年來從未中斷的出刊，顯示了這股詩文學力量的耐力和韌性。儘管在專制的、扭曲的政治、文化結構下，交纏著「官方」與「中國」的雙重壓迫力量，使得《笠》並沒有在台灣社會獲得應有的評價。這個現象，對於一個由外來政權統治的社會而言，毋寧是極自然的事。但自七〇年代末期，尤其是進入八〇年代以後，本土意識的興起與本土文化之逐漸受到重視，使得台灣文學的評價重新獲得調整，而附庸於官方、附屬於中國的詩文學則受到質疑和批判。

如果我們仔細觀察，自《笠》詩刊創刊後，戰後台灣的詩文學運動形成台灣座標與中國座標兩條軸線在發展。台灣座標這一軸線以《笠》為主，其後也加入許多不屬於詩社的詩人；而中國座標以《藍星》和《創世紀》為主。《創世紀》是從國際座標的遊蕩而回到中國座標的，其返回的因素除了文學性的詩觀變化外，另有政治原因：那就是相對於《笠》台灣座標的本土意識而產生的反本土意識。從這個觀點而言，《創世紀》是逐漸向《藍星》靠攏的，摒除了過去的對抗。

如果從文學集團運動來看，《笠》的運動質量，只有一九五六年的「現代派」運動可以相提並論。在戰後台灣的詩文學運動中；一方面《笠》在政治、文化、意識上與《藍星》、《創世紀》相抗衡；另一方面，以本土主義與「現代派」各自形成質量上的集團性。《笠》的詩文學運動持續以詩社、詩刊進行。而「現代派」則為結盟性質，在短暫的時間裡就轉化到其他詩刊，而由《創世紀》承繼，然後放棄。「現代派」並不等於《現代詩》，後者雖又於一九八二年復刊，但並無運動性。

《藍星》和《創世紀》皆曾出版了代表性詩選，《創世紀》更以編輯《六十年代詩選》、《七十年代詩選》、《八十年代詩選》及其他多部選集，企圖以偏頗的編選角度，壟斷歷史的發言。在這種情勢下，《笠》一方面因為詩選集受到刻意的排斥，而處於不利的地位，但另一方面卻因本土運動的興起與台灣座標的顯現而強化其地位。戰後台灣詩文學的歷史如果不從這種扭曲的文化現象重新檢視，便無法獲得正確的詩文學軌跡。

三

《笠》集團的詩人像，最大的特徵在於集結的詩人以台灣本土詩人為主體。雖然《笠》並未明訂入社詩人限為台灣人，但在集團的形成與壯大過程中，自然集結了以台灣本土詩人為主的團體。目前《笠》同人中，祖籍中國廣東的旅美詩人非馬，其實一九三六年生於台灣，不久隨家人遷回廣東，一九四八年再到台灣。《笠》集團也包括了部分的外國詩人。在《笠》詩刊發表作品的因不限於同人，所以雖以台灣本土詩人為主，但仍包括許多一般所謂的外省詩人和外國詩人作品。

《笠》集團詩人像的另一特色是世代性傳遞的屬性相當綿長。《笠》包括戰前已開始寫作的詩人，也包括一九六〇年代後出生的詩人。如果以十年為一個世代計，《笠》至少包括了五、六個世代的詩人。依序為第一世代的巫永福等人，第二世代的陳千武等人，第三世代的白萩等人，第四世代的鄭炯明等人，第五世代的利玉芳等人及第六世代的張信吉等人。世代承繼交替的傳統，橫跨了戰前、戰後兩個不同的殖民地與類殖民地統治時代，也標示了台灣現代詩傳統根球與中國區隔的色彩。

《笠》集團的詩人群，明確地站在民間，以在野詩人的立場反對附屬於統治權力的國策文藝體制以及詩人向統治權力投靠的行徑。這樣的立場，因為行動介入的程度差別，而形成了「純粹的」與「社會參與的」兩種姿勢。所謂純粹並不是許多附庸官方的詩人習於掛在嘴上卻不斷附合體制的純粹，而是堅持詩作品的藝術純度與詩人行動的純文學性。較為積極關切社會事務，特別是對政治改革投入參與的《笠》同人，則在許多公共事務領域參與：包括政治、環保、人權與各種弱勢團體的社會運動。

《笠》集團的詩人，除了詩與詩論的領域有許多同人經常譯介他國的詩文學外，有些同人也從事其他文類的著述，包括散文、小說與社會批評，積極地以詩以外的文體向社會發言。在政治事務領域裡，《笠》集團明顯地支持反對運動，反對類殖民地統治，反對專制獨裁體制。但《笠》同人的反體制，是鮮明地站在詩人社會批評的立場，而不是政治運動人物的立場。這從《笠》同人很少有真正的政治職務，或成為政黨黨員，可以證明。

《笠》集團的詩人，分佈在台灣各地，在城市，或在鄉村，也有許多同人在海外。詩以外的職業領域涵蓋面也非常廣泛，幾乎包括了各種行業，士農工商都見蹤跡。而較明顯的特色是民間職業較多，政府職務較少。這種組合與其他詩社較為單一性的樣相大不相同。因而相對於其他詩社，《笠》集團呈現了鮮明的不同色彩；而在《笠》集團本身的相互鑑照中，也呈現繽紛的個別存在。《笠》集團的詩人像，在各種質素的結構裡，呈現多樣性與繁複化的形態。但從某些角度來說，例如政治立場的分野，則又呈現出相當純一的情況。《笠》集團的詩人像不能從單一視角、單一方位去察看，不但在時間裡，更在空間中不斷放射繽紛的色彩。

四

某些故意的偏見或詩學的淺識，常常狹化《笠》集團詩人作品的風格。最常見到的就是習慣依賴漢字中文（華文）修辭學的辭藻製作詩的一些詩人與評論家。這些不乏帶著文化和政治偏見的批評，最喜歡以《笠》集團某些跨越時代鴻溝的詩人在語言文學上的痛處，批評、羞辱他們語言文字不流利。這些批評很明顯是站在華文的角度來發言的，無視於歷史的條件性。其實，跨越語言一代的台灣詩人，原大可不必跨越語言，也可以繼續以原本使用的日文從事寫作，保持與戰前台灣社會中已經在日本語文的體系裡寫與讀的人們溝通、交流。也許，這就是受到殖民地統治歷史殘害的台灣，在文化上的特徵。從這樣的角度觀察，台灣本土詩人所運用的華文，與在台灣許多來自中國，標榜自己為「中國詩人」所運用的華文也不盡相同。不論造句遣詞，不論發想思考，儘管文字似乎相同，但語言的背景、文化價值的認知，使得台灣本土詩人的認識論、記號論與在台灣的許多非本土詩人迥異。而以台灣語文的創作，更形成了另一個詩文學風景。

除了語言文字的問題之外，有些喜歡誇稱從中國帶來新詩火種的詩人，無視於台灣在戰前早已進入詩的現代主義並受其洗禮的歷史事實，常常連帶在現代主義的概念上，批評《笠》沒有現代主義意味；否則就是由於《笠》曾經為了提示現代主義非僅有超現實主義，而指出另有新即物主義等等的觀念，將新即物主義冠在《笠》的頭上，有意無意地說那就是《笠》單一的特色。

《笠》為了矯正戰後的台灣詩文學，特別是「現代派」的現代主義運動，在某些詩社的實踐後，簡約成超現實主義，甚至於對超現實主義的認識也只是片面的，一知半解的。因而，譯介了包括超現實主義、未來主義、意象主義等文獻，譯介了現代詩文學的用語辭典，也介紹了新即物主義相異於超現實主義的客觀思維。因此，《笠》常被刻意指陳為主張、實踐新即物主義的詩法。更有甚者，把新即物主義這種發源於德國的詩觀念說成是日本的詩學。

現代主義的詩觀念，在台灣，於戰前已有台灣詩人的認知和實踐。一九五〇年代末期到一九六〇年代初期，喜歡炫耀超現實主義的許多戰後詩人，無視於台灣已經有的詩經驗，標榜自己是站在現代詩的前線，而實際是除了超現實主義以外，對其他的現代主義詩學則欠缺研究。即使演變到後來的後現代主義，亦大多只是藉著對台灣的社會現實不欲介入的不在場心態，投影在其主觀主義傾向的表現而已。戰後，《笠》集團以外的一些詩社掛在筆尖的現代主義，常只是一些偏頗的概念性的現代主義，放在詩文學的傳統上審視既不前衛，也不新鮮。稱之前衛、新鮮，只能說是與中國新詩歷史的發展比較而成立的論證。

五

《笠》集團的詩，是以現代主義和現實主義為縱橫基軸發展出來的詩。以這樣的基軸，發展《笠》集團的詩風景；在這樣的基軸四周，又發展著《笠》集團的詩風景。

《笠》集團的現代主義精神，一方面有超現實主義傾向的主觀經驗主義；另一方面則有表現主義、新即物主義的客觀經驗主義。前者的感性傾向、內向性思考，與後者的知性傾向、外向性思考，在個別的性格取向上發展出不同風格的作品。其特色是不以表相的經驗素描做為唯一的選擇，也就是不滿足於單一的意義、意象，而尋求詩的繁複性和豐富的內容表現。因為這種特色，使《笠》集團的詩，被某些耽於現實主義但反對現代主義者批評為太傾向現代主義。

《笠》集團的現代主義傾向，不像某些只偏執在超現實主義的解釋上，而是複合意味的現代主義。集團成員各自在發展中尋求個別的定位，不是形式主義，而是現代性與現代精神的探求。重要的是：《笠》集團的詩風景，是以現代主義的方法論和精神論，站在現實主義的基盤上，為呈顯戰後台灣人精神史而努力的證言。《笠》集團的許多詩人，在形式上是現代主義，但在精神上則是現實主義的，既不停留在素樸經驗的點描，也不沉迷在單純觀念的敘述裡。

唯因這樣的執著，《笠》集團的詩人才能在戰後台灣歷史的發展過程中，面對著統治權力的惡意壓制、監控，通過詩文學反映了台灣人的精神史，也呈顯出文學工作者抵抗和批判的詩篇。在《笠》集團的詩風景裡，現實性的座標上，顯現著詩人個人的、台灣社會的、個人和社會結合的現實經驗。這些詩經驗有文化的、有經濟的、有政治的，涵蓋了生與死，涵蓋了愛與恨，涵蓋了美與醜，涵蓋了土地與人民，也涵蓋了夢與真實。而所有這些在現實裡反芻出來的經驗，又與台灣人的覺醒經驗相互關聯著。《笠》集團的詩風景是台灣人覺醒心靈的風景，是覺醒心靈投射在現實中的風景。在細讀詩人筆下的詩篇，在細讀這些被喻為不歌唱花的台灣詩人們的詩篇時，現實的苦悶、壓抑與心靈的反抗、衝突，面對政治的恐懼、憂慮與對政治的抗爭、反擊，就像許多被泥土掩埋的心靈的種子，在那裡訴說著、叮嚀著，期待歷史的翻醒。

現代主義與現實主義相遇，詩才能迸出真正閃耀的火光。在這樣的信念下，《笠》集團的許多詩人，既不滿於純粹依賴現代主義的方法，也不滿於純粹依賴現實主義的精神，因而走出一條屬於自己的鮮明的詩的軌跡。這樣的軌跡，必須對照其他戰後詩的發展，才能找出它特有的精神所在。

戰後詩，也就是第二次世界大戰以後的現代詩，可說是以現代主義發展出來的各種方法論，以凝視現實的真實，把握現實主義的精神，反官方宰制，反附庸於國策文學而發展的。《笠》集團的詩人不只要凝視戰後台灣的現實與社會，更要眺望戰後世界的詩視野。

《笠》集團的詩風景，就是這樣的風景。

六

戰後的台灣，從農業性、鄉村性的社會轉變到工業化、都市化的社會。但是，農業凋疲，工業紛亂；鄉村不滿，都市不安；甚至形成鄉村已消失而都市未真正形成的社會基盤崩壞現象。《笠》穿越了變遷的時代，認識、紀錄、思考、批評了這樣的現實經驗。

戰後的台灣，在國民黨類殖民統治的威權體制下，面對著血腥肅殺、白色恐怖以及各種的政治彈壓，追求近代獨立民主國家的政治改革運動，從未曾死滅的人民心靈燃燒出前仆後繼的烙痕，尋求人權、民權與主權的憧憬。《笠》參與了追尋的行列，也反映了這樣的意志和熱情。

《混聲合唱》（笠詩選），就是一九六四年起，追尋台灣文學獨立運動的一群台灣本土詩人穿越戰後台灣社會變遷的歷史，穿越戰後台灣政治困厄的歷史，透過詩所呼喊出來的聲音，也是台灣人族群心聲的大合唱。標示著「台灣精神的隱喻」，象徵著《笠》集團的詩人，在現代主義的方法論和現實主義的精神論的結構裡，展現戰後台灣人的精神史。隱喻在詩裡的一言一語的台灣精神，有台灣人的吶喊在沉默裡，有台灣人心的跳躍在靜寂中，等待著我們時代的共鳴，等待著我們土地的呼應。

台灣在政治上覺醒，台灣也在文化裡覺醒。而《笠》集團的詩人像和詩風景，展現在《混聲合唱》這部詩的堂皇巨著裡，集體向台灣社會發聲，集體向台灣國度發言，更象徵了台灣在詩中覺醒。

——《戰後台灣文學反思》

9. 藝術評論

殞落的星．陳澄波
——世紀的追悼與台灣美術的某些反思

祖國的噩夢．二二八

一九四七年，陳澄波完成〈玉山積雪〉這幅畫。這一年，他五十二歲，正是人生邁向成熟之際。不幸的是，這也是二二八事件發生之年。在這事件的浩劫中，陳澄波被奪去生命，置其於死的是他一生嚮往的祖國。

陳澄波死時，是嘉義市參議員、嘉義市自治協會理事、三民主義青年團成員，並已向國民黨台灣省黨部申請入黨，即使這樣，他仍逃不過台灣歷史的這場浩劫，他萬萬想不到畫完了〈玉山積雪〉，「祖國」的死神會來結束他的人生。

陳澄波的死是淒慘的，而且十分無辜。他的兒子陳重光在思念父親的一篇文章，述及令人哀痛的事況：「二二八事件發生後，嘉義市外省籍軍民退守水上軍用機場……南京派出鎮壓部隊後，嘉義市參議會為了不願再見到殺戮，派出柯麟、陳澄波等人帶水果、米、菜等進入機場溝通、慰問，立即被拘留……約經一週後，三月二十四日，由水上機場押解至嘉義市警察局，當然未通知家屬，未能見最後一面，也未審判，翌日二十五日上午押解至嘉義火車站前槍決。」

「槍決當天約上午七點多……四位參議員被反手縛緊，後面插一根如清朝斬首犯人所見的牌子，家父好像看到我姊弟來送，當時……無法用筆來表達心裡的感受。」

「上千上萬民眾圍觀，在民眾哀悼之下被槍決，其後屍體曝曬到下午才准收屍帶回家。」不僅如此，就像每一位二二八事件受難人的家屬，除了面對親人的死亡，也要忍受親人的事蹟在社會上消失的殘酷打擊。除了家屬小心翼翼保存畫作，有些陳澄波的畫被收藏的友人從壁上取下燒毀，怕牽連受害。

陳澄波的畫重見天日，是一九七九年十二月，「春之藝廊」舉辦的「陳澄波遺作展」，這位台灣美術運動先驅的畫作重新公開展示，包括《雄獅美術》在內的一些雜誌、報紙介紹了陳澄波的畫事，但是二二八事件中他的死亡，仍然沒有充分的、公開的論述條件。

「春之藝廊」的「陳澄波遺作展」在十二月九日結束。翌日，在高雄市舉行的世界人權日大遊行，因官方的鎮暴引發了戰後繼二二八事件後影響民主運動的最重大事件。這時際，台灣的社會已經不是二二八事件發生的年代可以打壓宰制，民主的火苗再也澆不熄。

在一九八〇年代，民主之火更不斷的燃燒，民主運動的道路更推進到對內追求建立新的國家體制，對外要求國家獨立於中國之外的境地。

一九九二年二月二十八日，藝術家出版社的《台灣美術全集I：陳澄波》堂堂出版，陳澄波做為一個台灣美術運動先驅的地位，終於逐漸突破困厄壓制的際遇，逐漸彰顯出來。

在一九八〇年代後期展開的二二八事件真相探討和責任追究運動，因二二八事件而消失的台灣菁英，在社會運動中不斷被探討，陳澄波就是其中之一。這期間出版的美術史類書籍，陳澄波在二二八事件中的受難事況終被記載。

就好像陳澄波〈玉山積雪〉這幅油畫，覆蓋在南國熱情玉山之巔的積雪，終於會消融一樣。二二八事件之後，陳澄波長期在戒嚴統治的政治氣氛籠罩下，充滿壓制的藝術命運，並沒有隨其生命的消逝而被掩埋；相反的，積雪消融之時，在太陽的光與熱照耀下，南國澎湃的生命力煥發出光彩。

苦悶的歷史．光與影

陳澄波死於政治，但他的美術實際上並沒有政治性。事實上，在二二八事件中，陳澄波僅止於出面協商維持治安與和平，他不是真正具有政治上的革命、抵抗性格的畫家。

雖然，一九二〇年代，陳澄波展開他的美術生涯歷程，一九二三年到一九二九年間他在日本東京的時代，台灣青年的新文化啟蒙和新政治思潮都已萌芽美術發展。但是，陳澄波在日本殖民統治下的苦悶似乎都只轉化在對美術的探索。

陳澄波比較具有政治意涵的行動是，一九二九～三三年之間，他在中國上海的行程反映了在日本殖民統治時的某種程度「祖國」意識，其具體內容事實上也只是美術教育和文化上的中國參與而已。

但他畢竟沒有留在中國上海，也不是一九四五年以後，而是在一九三三年就回到台灣，為參與「台灣美術協會」的成立投入力量，他在「中國」和「台灣」之間，畢竟選擇了他真正的鄉土，儘管在中國上海，那時已經有美術專門學校，有美術相關職務可以使他在那兒安定下來，但是他選擇了在自己的故鄉，即使這其中存在著矛盾和苦惱。

而基本上，從他的出生（一八九五年）到死亡（一九四七年），除了一九二九～三三年間及一九四五年以後的時代，他的人生主要還是在日本殖民統治下度過。

在日本殖民統治下，做為一個台灣人，陳澄波曾經嚮往過祖國，但他終究選擇自己的鄉土台灣。不過，在國民黨政權接收台灣的過程裡，陳澄波參與了歡迎活動的籌備，對於祖國寄予信賴，並且在陳儀主持台灣長官公署進行對台灣的類殖民統治時，出任嘉義市的許多政治相關職務，當選嘉義市參議員，而且還申請參加國民黨。

就像戰前在日本殖民統治時代的許多台灣人知識分子、文化人一樣，儘管他們經由日本汲取了近代性文化，也了解到近代性政治，但他們對於中國的認識和了解，寄託與信賴，卻又那麼經不起考驗。

台灣的知識分子、文化人、藝術家的自我定位和政治自覺，在日本殖民統治時代，似乎未真正形成，必須經歷了二二八事件的悲慘經歷後，才能夠學習到近代民族自決與獨立的積極意義。

從這樣的角度，對照戰前台灣美術家在日本的形成，他們大多未能對新藝術形式和新社會意識投入和參與，其原因是因為當時的美術青年大多出身背景較優裕而形成缺乏介入社會的性格？還是因為被殖民統治的環境使台灣的美術青年在殖民統治者的土地上僅能消極地投入美術的內面性學習？而且選擇了在美術上運動性較平息的前衛藝術之前的階段做為學習目標，且固守於此？

以陳澄波為例，他的創作力和運動性在同輩畫家之間已屬較為突出，但是他在日本的一九二三～二九年間，日本已經舉辦了前衛美術展，在法國發起的超現實主義已發表宣言，展出畫作，甚至左翼普羅美術活動也在日本展開。但是戰前台灣的美術家，大多在前衛性及社會意識上採取保守的路線和立場。

在這種美術取向上的保守立場裡，畢竟存著被殖民統治者的苦悶在裡面吧！這樣的苦悶似乎存在於陳澄波的畫作裡，在那有些騷動、有些不安的線條裡面。尤其是，從陳澄波的幾幅自畫像，彷彿透露著些許訊息。

藝術的侷限・美與真

從某種角度來看，戰後台灣的美術是對於社會緘默或冷漠的美術；戰後的台灣美術家是對社會緘默或冷漠的美術家。

陳澄波在二二八事件的受難，是戰後台灣美術家從日本殖民地統治跨越到國民黨類殖民統治，但卻無法真正跨越出時代限制的象徵性阻礙。

如果說，在日本殖民統治時代，台灣的美術家有他們受制於異族統治權力的社會視野侷限，連帶地也有藝術動向侷限，但在戰後標榜為同民族的國民黨類殖民統治時代，又何嘗沒有這種侷限呢？

台灣的美術家，長久處於政治壓制的環境，終於形成了自我設限的美術傳統？我們的新美術，從日本殖民統治時代展開，就一直以「靜物」和「風景」兩大系統，發展出題材優於主題的某種特殊性格。這樣的性格，在回顧陳澄波以協商者身分遇害的歷史現場時，不難理解其原因。但是對於台灣美術意義的形成，卻不能不加以思考。

說到台灣美術與美術家的「緘默」或「冷漠」性格，是對於發生過二二八事件以及其後長期戒嚴統治的肅殺和壓制，國家民主化和主體性受到挫折的現實裡，台灣美術家和美術作品表現出來的長期集體性不在場而說的。

我相當能夠理解：由於二二八事件的影響，戰後台灣人人格受到扭曲、破壞。對於一般人而言，這只是一種陳述的事態。但對於藝術家而言（包括文學家、音樂家、美術家等），要求他們在作品裡呈現出相對於二二八事件的因應態度、直述或隱喻的批評，反映或呈顯現實的境遇，是任何對藝術的意義做進一步追求的國度必須具備的立場。

一九九三年二二八時際，我曾經以〈期待在美術裡的二二八歷史記憶和發現〉為題，在《台灣畫》發表一篇論述，提出戰後台灣美術「地理的風土性」遠強於「歷史的意象性」這樣的論點；也提到「多於教養性而少於教訓性」這樣的論點。我的那篇論述，主要想表達期盼台灣的美術家能夠從二二八事件的記憶和發現，去形塑戰後台灣美術的精神史性格。

台灣的美術在日本殖民統治時代和戰後國民黨類殖民統治時代，都因為政治條件壓制了美術（美術家）文化性的充分開展，台灣的美術因此有視覺性但卻沒有現實性。透過人們的眼睛，在台灣的美術作品裡看到許多景象，但是景象呈顯出來、對應出來的視覺性，並不一定是現實性。

在進入一九八〇年代以後，台灣的美術雖然出現了許多因為戒嚴體制的形式解除引發的社會力擴張，但是因為在許多畫作裡呈顯的也只是視覺性張力，並不是從美術的精神史支撐出來的現實精神。

我們也許需要思考一下畢卡索這樣的話語：

藝術家是何許人？他是個低能兒嗎？一個只有眼睛的畫家，或者只有耳朵的音樂家，或者只是在他心裡有一只七弦琴的詩人？……不然，他同時仍是一個政治動物，對於傷心的、激烈的或快樂的事情經常保持關心。我們如何能夠對別人一點都不感到關心，並以各種不同方式表達出來。……繪畫並不是做來裝飾屋子的，它是用來攻擊或抵禦敵人的戰爭的工具。（《法蘭西書簡》，致蒂利的信，一九四五）

說出了這些話語的畢卡索，是畫出《格爾尼卡》沒有放棄社會性的關切，而〈格爾尼卡〉所表達的主題、所呈顯的形式，是藝術家透過藝術的有力的社會發言。

台灣的美術家在藝術與社會之間，應該面對的是這樣的課題，從這樣的課題才能突破侷限吧！

南國的情熱・生與死

顏彩化身陳澄波的歷史，重疊著近代台灣的歷史。他出生之年，是台灣被大清帝國割讓於日本之年。在日本殖民統治時代，他經歷了大部分的人生行程。一九四五年，國民黨政府代表中國從日本接收台灣，陳澄波和許多台灣的知識分子、文化人、藝術家心目中的祖國，卻在一九四七年二二八事件奪去他的生命了。而今，戰後的國民黨統治也屆五十年了。

陳澄波的百年追悼，應該放在台灣歷史這一百年經歷的軌跡來看，才能夠顯示出真正的意義，我常想，如果陳澄波未死，在戰後台灣的社會行程中，做為一個美術家，做為一個充滿藝術情熱的美術家，陳澄波的道路——美術的、文化的、政治因應的，會如何？他又會對二二八事件做出在美術裡的什麼樣記憶和發現？

歷史似乎停留在台灣美術裡，以靜止的狀態出現的台灣美術是在地理的風土掃描，在歷史的意象缺席的藝術。陳澄波同時代的美術家，他們穿越日本殖民統治，在那個時代，他們化身在顏彩裡，但選擇的卻是顏彩的部分語言。因為他們是殖民地的孩子？但文學裡的殖民地孩子，比起美術家的經歷與表現，有其介入的一面。戰後，在國民黨統治時代，戰前成長的台灣美術家們，雖然沒有像陳澄波的悲慘命運，但戒嚴體制也使得他們處於迴避現實真實的靜默之中。

相對於戰後台灣從中國大陸隨國民黨統治權力來台的另一股美術力量，或另一個美術根球。中國大陸來台的這股力量，這個根球，曾經藉著政治力量壓制過台灣美術，戰前成長的台灣美術家也像再度被殖民的類殖民統治的台灣人命運一樣，有許多人是在被壓抑下沉默地堅守著藝術陣地，也有些人參與或附和了權力的體制。

如果陳澄波經歷較長時期的戰後行程，這位美術家的人生和美術會是如何呢？陳澄波的話語，常常使我反思這些問題。

「一個以藝術創作爲己任的人，卻不能爲藝術而生，爲藝術而死，還能夠算是做藝術家嗎？……」（陳澄波・一九二一年手札）

「我是顏料。……被塞擠入管內，再貼上青、赤、黃、紅等不同名字……美術家把我買下，一面仰視山景，一面把我從管內擠出，厚厚地塗抹在畫面上，在美術展覽場擺出時，受到衆人的褒獎，（呀！眞好哪！優雅的畫啊……色彩很美啊！）感覺很好，但是迄今我們所受的種種辛苦，實在不是三言兩語可以交代的。」（陳澄波・〈我是顏料〉・一九四〇）

從陳澄波的顏料裡，南國風土的情熱呈顯著、環繞著以嘉義為中心題材的風景裡，我們看到台灣第一代新美術家的崛起，經歷過日本殖民統治，經歷過中國的類殖民統治，但是台灣美術家的風景就是台灣美術的風景，因為在顏料裡的血液是台灣人的血液，南國的情熱畢竟是南國的情熱而不是北國的景致。

被積雪覆蓋下的玉山青綠才是陳澄波吧！在玉山下的嘉義風景才是陳澄波吧！南國的情熱才是陳澄波吧！當積雪消融的時候，當炎夏投射在島嶼的土地上煥發出光與熱的時候，陳澄波的生命力才真正發揮。但是，歷史的命運並沒有給陳澄波充分發揮的條件，他畢竟只有二十多年的美術生涯。

陳澄波的美術道路是一條沒有完成的道路。

台灣的美術歷史是沒有真正形成的歷史。

在追悼陳澄波這一殞落的美術之星時，我也在追悼台灣的許多藝術家、文化人、知識分子。從台灣被大清帝國割讓給日本開始迄今的一百年，我們的藝術家、文化人、知識分子的生命的生與死以及藝術、文化、思想的生與死，是不是從死的反面追索出真正的生呢？

台灣美術要在歷史裡追索出發展的視野和方向，從陳澄波的自畫像裡，我彷彿看到他的焦慮，但也看到他追尋的目光。

——《美術風景》

旅人的風景・生命的謳歌

——劉耿一觸探

人與土地的對話

我的故鄉恆春半島在畫家劉耿一的作品或記述隨筆裡常常出現。記得在一九九〇年春，劉耿一在雄獅畫廊舉行「油性粉彩個展」時，我就曾在他有關恆春半島的畫作前凝視，不只因為圖像裡的景致有我熟悉的形影；更因為故鄉的景象在美術裡再現的輪廓和色彩。

面對劉耿一以恆春半島為題材的畫作時，我一面在回憶故鄉的景致；但另一方面，我是在閱讀劉耿一的畫作語言。對我來說，恆春半島是我的故鄉，但實際上我只在那兒住過半年，而且是小學一年級的時候。我是一個沒有真正故鄉的人，因為童年遊移過許多地方。而劉耿一在恆春半島的十二年（一九六九～一九八一年）經歷，不但是他生活之域，更是他形繪之域。

劉耿一的風景畫是心靈投影的風景。他有關恆春半島的畫作雖然呈繪出視覺經驗裡的形貌；但更是他的心靈風景。他在〈車城的黃昏〉這幅四十號作品畫頁旁的註腳：

最近雖然仍以個人實際歷驗的景象，在寫照內心的種種，但一直試圖摒除陽光和空氣所發散的炫麗燦亮色澤；希祈從引人驚嘆的現實物質之光，還原到個人精神視覺的領域。

約略陳述了他的風景畫有別於客觀景象的主觀投射。

〈車城的黃昏〉是我熟悉的景象。畫中的形貌彷彿正是我在車城的母親家裡客居六個月的童年時代經常走過的巷弄。在我的記憶裡，這是臨接著許多屋宇後院而且臨著溝渠的斑剝巷弄，從公路延伸向鄉內的一條平行大街，而且和鄉內另一條主要街道平行——臨著屋宇的前屋。它也可以是再現於失去故鄉的人視域裡的風景。

面對著〈車城的黃昏〉這幅畫時，我彷彿站在公路上，看著我要走過的巷弄。經過這條臨著渠溝和成排屋宇後院的狹窄巷弄，有我曾經留下童年記憶的紅磚樓房。在黃昏的時候，這幅畫的風景未能看見的遠方，正是島嶼台灣西岸的海。看不見夕陽，但夕陽光在素樸的建築物牆面上，紅色的建物、褐色的土地、黑色的陰影……彷彿呈繪出已然模糊的童年記憶，而那是畫家寄託在風景現場的心靈的投影。

劉耿一的風景畫大都是他的心靈投影。他不是一個只記述風景的畫家，他在客觀的風景現場呈繪他心靈的景致。藉著人與風景的對話，劉耿一的風景畫裡有他寄託的話語。他的多幅有關恆春半島的畫作，對於我這個以恆春為故鄉，但卻又像沒有故鄉的人來說，我在那個曾經短暫度過童年的鄉村的視覺記憶因此而浮顯起來。

在一九九〇春，劉耿一的那次畫展過後，我曾經也在其他畫廊看到他有關恆春半島的風景畫。我父親和母親出生之地域以及我的故鄉意識和感情之地域，都會因他的畫而不斷和我的記憶連接起來。

而劉耿一記述文字裡有關恆春半島的篇章，他對於恆春半島風土、任教職的經歷、文化的省思以及美術的探索，都透露出一個畫家在文化意識、社會意識以及美術專業素養的見解。

最近以風景為題材的畫作色調低沉陰鬱，總是充滿了孤寂的感傷，這也反映了此時被囚禁於狹隘空間的心境，和處於逆境之中難以掙脫的無奈……除了風景，我也畫了一些十字架為主題的畫作。這些十字架和耶穌及聖經是沒有關係的，我只是借用來隱喻現實社會曾經發生的不幸事件，憤懣怨嘆之餘，僅能悲傷的做一番悼念而

已。（〈城市的孤寂〉．一九八一年）

這是劉耿一結束他在恆春任教，專事繪畫，移居高雄後的文字記述。都會形式和工業污染顯然相當程度帶給他感傷和破滅。對於深愛鄉村景致的劉耿一而言，他的許多文字記述都闡釋了生活在真正的大自然那種歡喜。自然的質素受到破壞不僅僅是視覺經驗的破壞，更是心靈的挫傷。

藝術的探討．美的憧憬

劉耿一的繪畫不僅僅是油性粉彩的風景畫所呈顯的恆春半島；他的記述文字也不只是對於自然環境受到破壞的感觸而已。他是一個在畫事上精進投入，在記述文字上充分而又細緻地呈顯出才具的藝術家。他的隨筆和論述，充滿感性，而且具有探索事物本質的深刻性。

閱讀劉耿一的文字之筆和他的繪畫之筆，可以看到他在兩種不同性質表現之筆發揮出來的才具。他的文筆不同於某些善於文字之筆的美術家，因為他在這方面的才具並不僅是一般的議論，而常常是帶有流露創作者生命體驗和現實觀察的思維。他的記述文字除了對於年度美術和文化觀察的紀錄性外，更多的指向是帶有濃厚抒情風格的美術與生活隨筆：從生活記事到有關美術的創作，美術史、社會、文化，以及旅行印象，在在都形成與他的繪畫相互輝映的存在。

透過文字的袒露，我們可以一方面看劉耿一的繪畫作品，另一方面閱讀他自我心境的表達。台灣當代美術家中雖也有許多善於文字之筆，但像他這樣不斷呈示自我告白的美術家卻又非常稀少。從這個角度來看，劉耿一做為一個畫家，具有對文化意義的某種執著與把握。他不是一個僅僅在畫事技藝上精進的畫家，而是不斷透過畫作和文字追索心靈在風景現場投影的藝術家。

劉耿一對人生經歷從他出生在異國東京開始。其實那時候，東京是異族的首都而不是異國。他在敘述家庭生活的體驗，可以看出做為一個畫家，劉耿一的美術教養性和生活教養性形成的條件。他和美術家的父親劉啟祥氏之間在生活、在美術的啟蒙和影響，透過他的敘述文字，表達得刻骨銘心。

正因為有劉耿一對他自己的生命經驗敘述，我們才能夠更瞭解到一個畫家的人格形成背景。他的敘述文字也讓我們不但從畫作，更能從文字作品閱讀到他細膩而又充滿感情的語言描繪。他的童年，是在日本東京度過的，那正是日本從戰前經過發動珍珠港事變捲入二次大戰以至戰敗的歷程。劉耿一在他八歲時，也就是戰爭結束後翌年（一九四六年）才隨他父親返台。台灣畫家和日本女性之子的劉耿一，從日本到台灣，從戰前經歷戰爭到戰後，他的人生裡必定有某種反映著他特殊經歷的性格吧！

劉耿一在述及母親和父親時，事實上是在述及兩種不同的典型。母親的形象在他的人生裡充滿著自然天賦的存在，卻又帶有某些哀愁感；相對於父親劉啟祥氏在劉耿一人生歷程的對照性，母親的存在是短暫的。因為短暫，母親像是夢一般的存在，而父親是現實的存在。這現實的存在是尊嚴的，是理性的象徵；而如夢一般存在的母親是美麗的，是感性的象徵。

> 童年的心目中，母親的分量是無可比擬的。父親雖也情深意長，但不能相提並論……也許是父親沉默的性情，在孩子眼底帶有不可侵犯的威嚴，我很少想從他那兒取得情感的慰藉。
>
> 只要有母親在場，總會把大家的距離又拉近來，這時房間裡洋溢著愉快的笑聲，沉默的父親也有較多的話。
>
> 她嫁給我父親時不過十九歲，生下我時才雙十出頭，在懵懂未知人事的童眼下，她

> 似乎從來沒有年輕過，也許做爲母親的角色，已經遠離了青春盛華的美，走向母性的莊重、溫婉和慈愛。但在所有親炙過我母親的親友口中，卻一直流傳著她動人的風采。（〈童年〉．一九九三年）

劉耿一成為畫家，受到父親劉啟祥氏的影響和啟蒙。劉啟祥氏的家庭甚至成為美術家族，一門多人從事繪畫。劉耿一美術風格的底層應是受到母親的影響，從他後來以他的妻子曾雅雲為模特兒的系列畫作，不難看出劉耿一對於女性形象的對應態度，在那形象裡充滿著母親的投影。女性美在劉耿一的心目中是根源於母親的形象，也根植在家庭中充滿教養性的形象。

傳承著父親劉啟祥氏的理性智慧和母親的感性美，劉耿一在他的畫和記述文字裡，不斷進行對美的探索。而其探索的美，並不僅是空間美的形式，而是建立在追求生命的真實和自然的真實，以及追索社會的正義公正的善意識和真摯的、理想的美。

劉耿一是充滿自省能力的畫家，當他發現經濟發展條件下，畫家真正的生機呈現萎縮現象時，會感慨：

> 難道社會的推崇、民衆的愛戴、畫廊的眷顧，塑造了畫家的名望與地位，竟反而危

害了畫家創造的命脈？我推想這問題的癥結，在於畫家本身的理想、操守、意志、毅力和能力吧！（〈信札四帖〉之一．一九八一～一九八二年）

劉耿一是不斷追求提升自己的畫家。他喜愛大自然的恬靜，不斷追求突破各種障礙與困境；他的污染的世界裡呈現寧靜、清澄。他會勉勵自己：

藝術家有他們表達的境界，但這境界卻不在任何一個人可以到達的所在。它綿延無盡，隨著個人探討和瞭解的深度而加深。（〈信札四帖〉之二．一九八一～一九八二年）

劉耿一是具有人文情懷的畫家，他對於所處環境的不斷惡化，不但提出批評，更形成同情；他也是一個能從技巧的依賴進而追求精神層次的畫家，不是僅僅在於描繪，而是物我的合一。在他對父親劉啟祥氏的推崇裡，隱含著他憧憬的「畫作是希望和心血結合的花朵」那種追求在技巧之上必須具有真摯性的藝術情操。

風景的觸探・社會的關照

相映於劉耿一的恆春半島風景畫所呈顯出來的台灣南端自然風情，他的歐遊風景畫則表現了自然景觀與人工建築交融的藝術風貌。他的系列油畫歐洲風景有一種特殊的美的情境。我從他的〈威尼斯之燈〉、〈虹在托雷多〉、〈阿諾河餘暉〉……對照我自己歐遊時的足跡，風景的動人語言似乎從他畫作再現的形色中述說著、吟唱著。

劉耿一的《歐遊札記》，包括他和他妻子曾雅雲合撰的系列文章，可以看出他對歐洲文化在生活現場和現實景色呈顯樣相的讚美，他稱之為「綜合的氣質與生命情調」：

在馬不停蹄的藝術朝聖行程的空檔，我漫無目的地悠遊，怡然自得地盤桓；在放慢腳步的從容裡，傾聽舞弄於塔樓、河面、巷衖間的光與影，如何氤氳流變爲旅人心靈的悸動。（〈從河說起——歐遊歸來的自剖〉，一九八八年）

劉耿一的歐洲景致裡，有他心目中獨特的情境，是他對另一個世界的記憶和感應。那許多景致揉合了歷史的、文化的條件、在空間上凍結了時間的質素，顯現出自然的神奇，成為「心中永難磨滅的精神畫面」，使劉耿一渴望把它凝結起來。許多歐洲的建築物，以無比的造形量感，帶給劉耿一夢魘般巨大壓力，刺痛他創作的動力。

歐遊的風景畫是劉耿一心靈對異國文明的關照。在那些關照裡，有他的感動和讚美；但也有他連帶島嶼台灣風景的質素，在他的西班牙印象裡就聯想到故鄉的風景。從這樣的角度來對照劉耿一有關恆春半島的風景畫和歐陸風景畫時，對照著他文字之筆在記述恆春和歐陸印象時，都流露出一個畫家的視覺性情境。其實，劉耿一是以心靈的投影去連結視覺的外部風景，他用心去閱讀，用他特別的色彩和調性去呈顯風景的輪廓、形貌、質地。

林布蘭的光與影不是激越的，但他的話使人感動；巴哈的旋律和節奏也不是激越的，但他的音樂使人感動。劉耿一曾提及他對林布蘭和巴哈的喜愛，這樣的喜愛事實上也呈顯在劉耿一的風景畫的風格裡，也呈顯在劉耿一其他畫作的風格裡，對於一個用心去閱讀事象，用心靈的投影去呈繪風景的畫家，劉耿一的沉鬱反映在他的畫作裡已經形成鮮明的風格。即使在處理社會的風景時，他也能夠將激越、悲壯的事件性透過詩性的轉化，讓人在畫面裡體會出動人心弦的情境來。

〈社會·風景〉是劉耿一在一九九一年展出的油性粉彩畫。「社會」的系列是相對於他許多處理家人的作品；而風景則是延伸自現實風景而成為的詩性風景。前者，人物從私的對象轉變成公的對象——即對象公眾化、社會化；而後者，風景的形貌轉而純粹化、內在化。若與劉耿一的其他人物畫或風景畫比較，他一方面在關懷的主題擴散，一方面則在對外部風景的凝視向內滲透，顯現出他的多面性觸及和介入。

一般說來，台灣的美術界能夠真正從藝術的條件去觸及政治題材而表現出關懷和批評的畫家並不多。這一方面受限於戰後的政治環境使得畫家的社會發言不存在；但另外的原因則是台灣的美術文化性格缺乏像文學的介入傳統。其實，藝術家對於善美和真實的信念在面對外部社會的不調和情境如果絲毫沒有發言，不在作品呈顯相關主題，會使藝術淪為完完全全的美麗修辭，缺乏生命力。但如何以藝術的條件介入，避免淪為宣傳品則又是一個值得注意的課題。

劉耿一的「社會」系列，題材和主題都是一大突破。他把社會像當作風景，人物做為題材，用他充滿感情的畫筆嘗試著對某些社會的事件和議題做發言，讓我們看到他眼中所觸及的社會的不安、騷動、痛苦、悲憫。人物和事件，情景和課題都真實地在畫面上逼視著你。客觀觀察物象，以內省投射心靈悸動，在畫布上呈顯形貌的劉耿一，畢竟是凝視著現實真實的畫家，是一個持有柔軟的心，敏銳地感受人間事態的藝術家。這樣的心性在他的「十字架」系列裡就隱含著，這樣的心性一直存在於他的信念裡。

在繪畫作品及政治主題，乃是藝術裡也有社會批評的可能，也有社會批評傳統。劉耿一的記述文字經常對社會發言，他進而在繪畫裡表達的批評主題，是基於人道精神。因陳文成事件的衝擊而啟迪了創作上的社會意識的劉耿一，以十字架的犧牲形象感念陳文成；在

「社會」系列作品中，他把詹益樺於政治廣場自焚而亡的形象透過畫筆呈顯出來，這一切都像他重視生命的藝術精神的彰顯。

在一次書面訪談紀錄——〈繪出生命的顏色〉，劉耿一述及習畫的過程；述及對美術、音樂和文學的接觸；述及自然和宗教；述及生活；述及畫事；述及父子之情與對妻子之情，流露出一個不斷在探索，在追尋生命風景的畫家的精神內涵。這樣的質素在他的畫、在他的記述文字裡都細膩地表現著。他的色彩裡有語言的流露，他的文字裡有光與影的形象。交織在他的藝術和人生裡的是真摯生命的樂章，在畫筆和文筆驅動的觸角的呈繪和敘述中彰顯出深刻動人的美術與文學的意義形貌。

抒情與批評

出生於一九三八年的劉耿一，是童年時代經歷過二次大戰景象的畫家；他在日本東京開啟了人生行程，在初長之時回到台灣——他父親的屬地。這樣的人生初歷，且因日籍母親早年辭世，而使他的心靈投影了感傷性。我相信，繪畫之為藝術，不但是他閱讀人生和風景的重要才具，更是他與自己心靈對話的媒介。這種氣質是渾然天成，而不完全是美術教育課程所可以學習的。

據劉耿一的自述，父親劉啟祥氏雖是一位志於繪畫的畫家，但並沒有刻意要求自己的孩子走上繪畫之路，是劉耿一自己要走上繪畫之路的。繪畫，在他的生活環境裡，已自然地形成他必須走的一條道路。他勢必要在繪畫中找到自己與自然風景、社會人生對話的適當語言，而這語言未必是文字，雖然他的文筆流利優美，但繪畫之於劉耿一，更是他心靈能夠流利地關照的語言。

在戰後的台灣，在任何國度，都會有從美術教育培養出來的畫家，但是並不是任何走上繪畫之路的人都有真正在繪畫之路所必須具有的人性條件或教養性。某些在生命底層具有的藝術家秉賦或在人生旅程之始便具有的孕育藝術家的氣氛，並不是人人皆具的條件。在這方面，劉耿一的某些藝術宿命使他走出一條特異的道路來，使他既是美術家族劉啟祥氏系譜的一員，也具有劉耿一的獨特存在風采。

一九六二年，劉耿一就舉行首次個展，當時他二十四歲；在一九七〇年代以前，他舉行過三次個展；一九八一年辭去教職，專事繪畫以後，他已經舉行過將近十次個展。一九八八年的「歐遊系列」，一九九〇年的「家園情懷」系列，一九九一年的「社會．風景」系列，主題更為突出；這期間他也與父親劉啟祥氏舉行父子聯展（一九九〇年），突出了在他的美術家族中的傳承地位。可以說，一九八〇年代是劉耿一奠定他繪畫地位的重要年代。這在一位畫家的形成歷程，一個畫家的技巧和精神的形成和成熟的歷史，是可以在美術史發現到的。

以油畫和油性粉彩畫為主的劉耿一的繪畫，經歷過抒情詩的時代，並進而在敘事詩的領域探索，成為能夠呈顯出繪畫作品的抒情詩以及敘事詩的畫家。而從他的記述文字裡，他在人生方面的探討，在文化方面的探討以及在社會方面的探討，也透露出他在繪畫表現以外的思想指涉。他的思想指涉含有濃厚的感情，因而成為交織著思想和感情的極具見地、真摯動人的篇章。這是我在看劉耿一繪畫，閱讀劉耿一記述文字的深切感受。

做為一個喜愛文學並從事文學創作的人，我對於台灣的美術一直相當關切。我盡可能地去留意戰後的台灣美術發展，想去發現在台灣美術裡的真摯形色與動人光影，進而在那些畫作裡與之對話。劉耿一的畫，在某種意義上，是感動我的作品；而他的記述文字，也使我得到許多進一步瞭解在畫作背後的畫家的思想與感情。

我在劉耿一的畫裡，能夠讀到許多人生風景、社會風景，那裡面充滿著他的心靈投影。他的褐色、黑色、紅色、藍色……，像是色彩裡的音符。那些劉耿一的音符譜成的畫的樂章，節奏感是微微的，但韻律性的動人心弦遠遠超過我們對節奏感的需要。我從那樣的韻律裡得到視覺感動的充實；也在那些色彩的韻律裡體會到那種特別的優雅和典麗。那種在前衛性努力中追尋的古典與安定；那種在激越的空間裡尋求凝結的空間；那種在激越的時間裡尋求凝結的時間。因為這樣，面對著劉耿一的繪畫，我們看到劉耿一的生命歷程的觀照，看到社會歷程的投影。

從劉耿一的畫和他的記述文字，可以閱讀到在我們的土地上、在異國土地上的旅人風景；從劉耿一的畫和他的記述文字，可以傾聽到在我們每一個人的個體、公眾性群體的生命謳歌。他是一個藝術的旅人，植根土地卻又在土地上漂泊；在風景裡有他心靈的投影，而他心靈裡有風景的投影。他是一個謳歌生命的藝術家，謳歌著個體的生命、群體的生命。他的畫是心靈脈動的痕跡，而他的記述文字則是那些痕跡的註腳。

——《美術風景》

一位法國詩人作品裡的美術見解

——兒童啟蒙、創作歷程與藝術面相

一

初讀法國詩人裴外（Jacques Prevert, 1900–1977）的詩，是一九七一年。我的詩人朋友非馬，從美國詩人費雷格地（Lawrence Ferlinghetti）的英譯，譯介了他的作品。

費雷格地說他是從餐廳紙巾上接觸到寫在上面的裴外詩，充滿浪漫的際遇使他想努力將裴外的詩廣泛地推介給英國與美國的讀者。的確，裴外的詩在二次大戰時期德國佔領下的法國，膾炙人口。他的詩被拿來和法國畫家杜米埃（Daumier Honore, 1808–1879）並論。兩人都充滿淚眼的嘲諷，對社會現象和權貴，分別用詩與畫。

裴外的詩，呈現著從生活裡真摯觀察現實事態的視野。他的詩像邊走邊說的話語，而不是板著面孔的嚴肅高論，可以說充滿著童稚之心，是反學究的出自肺腑的親切語言。難怪他的一本重要詩集，就叫做《話語》（PAROLES）。

我特別要提到的是，裴外幾首提到美術的詩。其中，〈美術學校〉述及一種童年經驗，以及那種經驗的永恆性；〈畫一隻鳥的像〉闡述了美術創作的過程，如何讓畫裡的鳥栩栩如生；而〈畢卡索的漫步〉則論及畢卡索及藝術的新面相。

二

先看看〈美術學校〉吧！

美術學校

裴外／著　非馬／譯

從一個編籃裡
父親揀起一個小紙球
把它丟進缽裡

在那受迷的孩子面前
湧起
多彩的
碩大的日本花
瞬開的水蓮
而孩子們
目瞪口呆
在他們日後的記憶裡
這朵花從不凋謝
這突現的花
送給他們
當時
當他們面。

裴外的童年時代正是莫內（Monet）許多「睡蓮」作品發表的時代。這首〈美術學校〉不一定要從這種時代情境去了解，但卻充滿著日本經驗，是一個孩子從父親把小紙球丟進缽裡面湧起一朵碩大的日本水蓮花的過程體驗到的美術經驗。

〈美術學校〉是一種美術經驗、一種日本經驗、一種生活經驗。裴外將這種孩童生活裡的經驗賦予美術教育的見證。彩紙——應該是一種棉紙，浸水而湧現的水蓮花，在孩子記憶裡從不凋謝，意味著是一種現實經驗呈顯的美術圖像的價值。

生活經驗裡的學習，顯然是重要的。對於裴外而言，他也許在處理自己童年經驗的事情；但也可能在設想一種他所憧憬的美術教育情境——一種從生活中學習到的美術創作本質。

三

在〈畫一隻鳥的像〉這首詩，裴外對於美術作品，對於一幅畫作的形成，生動地描述了完整的過程：

畫一隻鳥的像

裴外／著　非馬／譯

首先畫一個鳥籠
有個敞開的門
然後畫
一些漂亮的東西
一些簡樸的東西
一些美麗的東西
一些有用的東西
爲鳥
然後把畫布靠放在一棵樹上
在花園裡
在樹林裡
或在森林裡
躲在樹後
不說
不動……

有時鳥很快地到來
但牠可能花好幾年的長時間
在決定之前
不要氣餒
等
等上幾年如果必要
鳥來得快慢
同畫的成功
沒有關係
當鳥來了
如果牠來了
保持極度的肅靜
等鳥進了籠
而當牠進去了
輕輕把門關上以一隻畫筆
然後

把所有的鐵條一根根塗掉
小心翼翼不碰到鳥的羽毛
然後畫樹的像
挑它枝椏中最美麗的
爲鳥
同時畫上綠葉與風的清新
太陽的塵埃
還有蟲豸的喧囂在夏熱裡
然後等鳥去決定唱歌
如果鳥不唱
那是壞的表示
但如果牠唱了那是好的東西
表示你能簽名
所以你便非常小心地拔下
鳥的一根羽毛
而把你的名字寫在畫像的一角。

裴外描述的畫鳥的過程，實在生動。他先是在畫布上畫一個鳥籠和相關的會吸引鳥的一些漂亮、簡樸、美麗、有用的東西，然後把畫布靠放在莊園、樹林或森林的樹旁，躲在樹後平心靜氣等待鳥進入畫布上的鳥籠……也許很快，也許很慢。其次，裴外述及畫家小心翼翼塗掉鳥籠，我們才豁然開朗，原來鳥籠是不存在的，鳥籠只是畫家醞釀、發想，在畫布上呈給一隻鳥的繪畫技藝與心境的引喻，在完成一幅鳥的畫作，裴外的論定更具深意：如果鳥唱歌，才算是一幅成功的畫，畫家才可以小心地從鳥的身上拔一根羽毛，在畫布的角落簽名。

畫是不是有生命？裴外在這首詩有他獨到的見地。並不是每一幅圖繪都是畫。在裴外的心目中，一幅鳥的畫是一隻活生生能夠歌唱的鳥；是鳥從自然之域飛進畫布停留之像。有生命的畫和沒有生命的畫，畢竟是不相同的。藝術家對於作品應具有這樣的見解才能達到藝術的完成，而不是僅僅憑藉技藝做形式的繪製。

〈畢卡索的漫步〉可以說是裴外的畢卡索論，對於這個他同時代的藝術家，裴外以他的詩予以探討。

畢卡索的漫步

裴外／著　非馬／譯

在一個很圓的眞瓷盤上
一隻蘋果在擺姿勢
面對花
一個現實的畫家
徒然試著把
蘋果照實畫下來
但
蘋果不答應
蘋果對這事有它的話說
在它的蘋果袋裡還有些花樣
蘋果
旋轉著
在它的眞盤上

巧妙地在它自身上
柔美而不分移分毫
而像吉斯公爵（註）把自己僞裝成煤氣管
因爲他們要違背他的意願畫他的像
蘋果把自己僞裝成一個美麗的僞裝果實
就在這時
現實的畫家
開始明白
蘋果的所有外相都在同他作對
而且
像那不幸的窮人
像那可憐的窮人發現自己突然在
不管是什麼慈善的施捨的可畏的機構之
慈善與施捨與可畏的掌握之中
那不幸的現實畫家
突然發現自己成了

數不清的觀念機構的可悲的犧牲
而旋轉的蘋果招來蘋果樹
地上的樂園及夏娃然後是亞當
一隻酒水壺一個格子架一節樓梯
加拿大金蘋果園
諾曼地蘋果
雷那特蘋果
以及阿庇安蘋果
網球場上的蛇同蘋果汁的誓語
以及原罪
以及藝術的起源
以及威廉萊爾的瑞士
以及甚至牛頓
數度獎金得主有引力展覽會上
眩暈的畫家看不見他的模特兒
且睡著了

就在這時畢卡索
他走過那裡正如他走過每處
每天如同在家裡
看到蘋果以及盤子以及畫家在睡覺
多妙的主意去畫隻蘋果
畢卡索吃掉了蘋果
而蘋果對他道謝
而畢卡索摔破了盤子
微笑地走開
而那畫家從他的夢裡被拔出來
像個牙
發現自己又孤單地在他未完成的畫布前就
在他瓷器的碎片中間
可怖的現實的種子

註：吉斯公爵爲十九世紀的將軍與政治家。

裴外出生於一九〇〇年（一九七七年去逝）；畢卡索出生於一八八一年。畢卡索完成立體派最初作品〈亞威農的姑娘們〉的一九〇七年，正是裴外的童年期。從立體派的物象解體變形，面的分割展開的藝術多角視點及其後不斷演變的藝術風貌，投影在畢卡索的美術上的面影，這一切在裴外的心目中顯然留下深刻印象。

裴外從畢卡索的藝術歷程，從畢卡索的視野，透過蘋果的物像，對於藝術裡的現實的重新詮釋。現實的畫家試著照實畫下蘋果，但蘋果不答應。現實顯然不是現實的畫家所知的侷限。畢卡索和現實的畫家的對比，顯露出畢卡索在因應客觀對象物——蘋果，也有它主觀的地位之時，有著比一般美術家更新的視域。外部面相的現實必須用複眼去觀察、去捕捉。唯有如此，畫家才不會成為數不清的觀念機構的可悲犧牲。

從多面相的蘋果，從蘋果的自身的多重性面相，才能招來蘋果樹；甚至進而觸及樂園伊甸、夏娃、亞當。蘋果的意味並不是一隻蘋果，不是一個單純的形貌。在它的背後，蛇的影子、原罪的觀念，甚至藝術的起源。蘋果，更廣的延伸，在瑞士的威廉泰爾用箭射下他兒子頭上的蘋果，使牛頓發現地心引力的蘋果……

而對於畢卡索而言：他和蘋果，他和所有的對象之間的關係，他的視點，對照著一般的畫家，更顯示出他的特殊之處。裴外在畢卡索畫了蘋果，吃掉蘋果而且摔破放置蘋果的盤子之後，揶揄固守著一般性現實視點的畫家甚至尚未完成他的畫，只在摔破的瓷器碎片間有著可怖的現實的種子。

四

從裴外〈美術學校〉、〈畫一隻鳥的像〉和〈畢卡索的漫步〉，可以讀到一個詩人的美術見解。真正的美術教育經驗是從生活裡體會到的神妙經驗：〈美術學校〉裡，一個父親給予小孩的經驗呈顯，不但是孩子最珍貴的學習，也是一生永不磨滅的印象；〈畫一隻鳥的像〉：那麼生動地賦予畫家創作過程的神妙，鳥甚至能夠叫出聲音的鳥的畫像才真正是一隻鳥。在裴外的論點裡，在畫布上的鳥是畫家從樹林、從森林、從花園吸引來的鳥；而〈畢卡索的漫步〉：新藝術呈顯出來的視野詮釋出更寬廣面相，更深刻探觸的現實。那是不斷追求、不斷發現的藝術之路，考驗並挑戰著藝術家的才具和努力。

——《美術風景》

10. 社會評論

以新的文化想像開拓國家之路

國家是一種文化想像。

美國的獨立革命，除了標榜「民有、民治、民享」的新信念，也因許多文學和藝術的美國想像而確立獨立國家的地位。

南太平洋亞洲周邊的澳洲和紐西蘭，移民者在早期複製並宣揚英國文化，但後來則致力於在地認同，並且和原住民共同建構新國家。選擇脫離大英國協肇建新的共和國，也是一種文化想像的具體實踐方式。

而在台灣，許多人寧走多重國籍路線。既走往他國領取護照，又不確定支持自己國度成為嶄新的國家。這些人，不能欣賞中華人民共和國，卻又坐視中華人民共和國的霸權心態，卑膝以對。

相對於許多投機政客、商賈，民間社會裡有更多的支持台灣國家想像的力量。根據一項民意調查，絕大多數的台灣住民寧願為不做中國人而做台灣人和中國戰鬥。這樣的訊息提供新的國家願景。

新政府應重視建構獨立國度的文化想像，從教育著手，培養國民對台灣的國家認同，去除混淆的認同迷惘。舊體制積累太多的負面錯誤文化想像，阻礙台灣國家條件的形成。許多外來政權留下的沉痾壓制著新的文化想像，亟待教育改革提供的自我建構去改善。

好好珍惜民間社會中自我認同的力量吧！台灣站起來的呼聲要在願為保護自己國家的信念中實踐。

開拓台灣的國家文化想像，並為這樣的想像努力，台灣才能站起來。做這樣的國家的國民，台灣人才配得到國際社會的尊敬。

新政府應開拓的文化想像，為新國家開拓成功之路。

——《文化窗景與歷史鏡像》

光榮的勛章，恥辱的勛章

德國詩人、小說家葛拉斯（Gunter Gress, 1927–2015）《我的世紀》中文版在台發行。它見證二十世紀一百年的敘述，呈顯了人類歷史動向，也提醒我們國度讀者觀照自己的歷史。

經歷長久的被殖民統治，有過悲情但沒深刻覺醒的我們國度，對於葛拉斯這樣的作家，距離遙遠。不是地理的距離，而是心理的距離。

我們的國度，戰後以來的戒嚴體制閹割了許多作家的良心和勇氣，許多知名作家其實是在戒嚴體制下向統治權力諂媚的人。檢證許許多多黨、政、軍、特的文藝獎賞，不乏政治惡質共犯的紀錄。

如果把戰後以來官方或半官方、準官方的文藝獎賞紀錄列舉出來，一定可以看到恥辱的勛章掛在哪些人的頸項。但台灣的歷史模糊在不被關切的領域，掛過恥辱勛章的作家常常隨著歷史際遇的變遷被戴新的勛章。

中國體質的中華民國為什麼會在台灣施行類殖民政治?中華人民共和國又為什麼想併吞

台灣？而台灣又為什麼有迎合這兩個國家體制的奴隸性？不想反思課題的文化現象讓我們的國度掛滿恥辱的勛章而非光榮的勛章。

曾是德國社會民主黨黨員的葛拉斯，有他獨特的文化視野。他反對兩德統一的立場標示了不附和體制的詩人精神，也充分展現作家的異議精神。

相對於許多在戒嚴體制下浪得虛名的詩人和小說家，葛拉斯「諾貝爾文學獎得主」的聲譽應該提供反思的鑑照，讓我們國度的知識分子、文化人深刻反思。

——《文化窗景與歷史鏡像》

政治，做為一種動人的力量

一九八九年，捷克推翻共產黨專制統治的「天鵝絨革命」，靈魂人物是集詩人、劇作家、思想家、異議分子於一身的哈維爾，他成為捷克共和國的兩任總統，期間並讓捷克和斯洛伐克分離，各自獨立。

哈維爾最動人的政治概念是：「無權力者的權力」，這是他一本文集的書名，也是他一篇懷念楊・帕托切卡（Jan Patocka, 1907–1977）——捷克哲學家，七七憲章首批共同發言人——的文章題目，更是他的信念。

「手中無權力，也不妄想擁有權力。也許就是一批詩人、畫家、音樂家，或普通公民，導致（惡質權力體制）土崩瓦解。」——這樣的信念，描述了「天鵝絨革命」獲致成功的形貌。這也得力於公民意識的存在，以及對於人文和藝術的重現，也就是文化的力量。

擁有這樣信念的哈維爾，在〈反政治的政治〉所闡釋或實踐的觀點，也迴異於政治狂熱者的文化情懷。他說：「政治不再是權力和操控的技術，而是尋求和獲得有意義的生活，以及保護和服務人類的一種方式。是實踐的道德，對真理的服務，站在人類立場上對同胞珍重的關懷。」

哈維爾這樣的文化人，實踐在捷克民主改革的行跡既迴異於耽溺於烏托邦的革命者，也迴異於政客的世俗化權力論，而是不斷深刻反省並且重新審視政治和政治行為，並且對於人心不失去希望，或從未失去希望的信使。不是為了頭銜和名位，而尋求人類良知所能創造的政治力量。

在哈維爾的一本詩集《反符碼》（台灣漢文版／傾向、唐山共同出版／流亡年代叢書）以隱喻去觸探政治情境，早於布拉格之春（一九六八）四年前就出版，被視為「不無荒誕地介入並發出聲音」，以戲團因素探觸生活中具體的公共議題，深具批評精神以及追尋自由的立場。

「甲同志／是敵人／因爲他在第五十九頁引用列寧語錄／並且據大家所知／『我最大的敵人就是語錄』／列寧．第二十四卷，一八八頁，第三行」（〈語錄癖〉．貝嶺、羅然合譯）

哈維爾其實是以戲劇方式寫詩，後來他的文學志業以戲劇為主。他也以戲劇的方式介入政治，而其實是文化。這使哈維爾在當代世界政治領袖中風格獨具。從兩任總統職位回復文化人生活，他的告別演說〈政治，再見！〉在紐約市立大學，發出一貫的動人聲音，也為他做為一種動人力量的政治，提供了罕有的視野。

台灣應該怎麼看哈維爾？怎麼想像政治的動人視野？被改革的政治力量：泛中國國民黨——一黨長期統治、殖民體制；被視為改革者的政治力量，以民進黨為主的泛台灣意識政黨——改革一黨統治，台灣體制。它們之間的權力視野，呈現什麼樣的形貌？其內涵和本質又如何？它們在政治的權力形式以及背後的文化：人文和藝術以及觸探的，人的心靈和人類良心的信念，又是如何？

哈維爾來到台灣，將如何聯繫捷克民主化、自由化和台灣民主化、自由化的改革動向？又將如何為台灣描繪政治改革提供新視野？這是台灣人民應該關照的課題，而政治人物和文化人物更應該探察。要使政治成為一種動人的力量，被改革者和被視為改革者的政治人物，以及參與或不參與社會的文化人物，甚至一般公民，都應該共同省思。

共產主義制度在歐洲廣大地區的迅速結束，被視為二十世紀最重要的人類經驗和戲劇性歷史，哈維爾是促成的靈魂人物之一，而且最為獨特。從一九六七年的「布拉格之春」到一九八九年的「天鵝絨革命」，參照台灣的政治改革運動歷史，約略可以引述一九七九年的美麗島事件到二〇〇〇年的政權和平轉移（政黨首次輪替），但台灣的內外部問題使政治改革呈現某些難題，亟待克服。台灣的故事，儘管也算動人，但放在世界的視野，缺少像捷克（東歐）的文化榮光。為什麼？

公民意識、文化力量，人文與藝術精神，這些相對於台灣習於誇耀的經貿成就，在台灣顯得薄弱。而哈維爾在捷克或東歐各個國家，都憑藉與台灣不同的力量。他們改變自己國度的力量，是台灣深化民主與自由的進程不可忽視的環節。

政治，常被視為權術，被視為頭銜和名位，被視為邪惡的。政治改革不應該在這樣的認識論發展。讓政治做為一種動人的力量，哈維爾揭示的「無權力者的權力」和「反政治的政治」，提供新視野，一種迥異於馬基維利式的視野。台灣需要這樣的政治視野。被視為改革者的政黨需要這樣的視野！被改革的政黨也需要這樣的視野！

——《**文化窗景與歷史鏡像**》

為一個美麗的世界祈禱

一九七九年十二月十日，美麗島事件的歷史映照在戰後的政治改革運動歷程，觀照事件及其映照的歷史進程，彷彿可以探看台灣的自由之路。

與一九四七年的二二八事件相對照，美麗島事件是國民黨統治體制無法壓抑的轉捩點。一九八〇年代狂飆的政治改革運動，以解除戒嚴做為統治體制的因應；而一九四七年的二二八事件，回應的是統治體制的戒嚴。

二二八事件，成長於日治時期的台灣文化精英，幾被殺害殆盡，倖存者銷聲匿跡，苟活於現實的陰影裡。國民黨的台灣統治，是以這樣的血腥開展的。某種意義上，台灣人成為瘖啞的人，或成為拚命於物業的人，原因在此。

而美麗島事件，抗爭者幾乎都成為英雄，儘管被軍法審判，關入牢獄，但政治的火花因此而燦爛。比起一九六四年台灣人自救運動宣言的燃燒不成功，美麗島事件點燃的人權聖火，無法被撲滅。抗拒國會改革、抗拒民主化的國民黨，面臨的是從民主化進展到獨立化的政治改革動向。

台灣詩人張冬芳（一九一七～一九六八），有一首詠嘆美麗島的詩：〈美麗的世界〉，以母親和嬰兒對話的形式，對台灣的歷史做見證，動人的行句裡，母親向嬰兒說：

你誕生之前
媽媽曾向天空翱翔的鷙鳥和暗夜天空閃爍的星星
祈禱過
祈禱讓你
讓我的嬰兒
誕生在這美麗的世界

日治時期，在日本東京帝大獲中國哲學學位的這位詩人，戰後在台大執教。因二二八事件和五〇年代的白色恐怖而鬱鬱以終，他的詩，試圖為台灣描繪一個可以開展的世界，一個台灣人民會盡力呵護這塊土地，抵抗各種壓迫的世界。母親的話語裡，有著溫慰的聲音：

你的祖父和父親

都曾經渴望美麗世界的來臨
而爲美麗的世界奮鬥而死
兒子啊
不要害怕
不要膽怯
要守護這塊土地

留下這樣詩作的人，成為歷史的見證者，這樣的詩的聲音，鐫刻在台灣的文化心版。憧憬著讓台灣這美麗島形塑一個美麗的世界，是戰後充滿破滅感的困厄時代仍然不死滅的聲音。

從二二八事件到美麗島事件，國民黨的統治權力必須面臨台灣人民成長、覺醒的抵抗，而不是一而再的壓抑。而從美麗島事件（一九七九）到二〇〇〇年改變國民黨執國家政權的歷程，彷彿也可以對照最近匆匆在台灣留下形影的哈維爾，他的國家：捷克。布拉格之春（一九六七）到天鵝絨革命（一九八九）。大約二十年時間，一個不完全成功到一個成功的運動，印記著時間的軌跡。

美麗島事件開展了台灣人民的成長和覺醒歷史，儘管事件的關連參與人，有些倒錯地顯現了迷亂，但大方向是昂然前進的。捷克的布拉格之春，充滿了血淚的榮光，同樣開啟了這個東歐國家改變共黨統治體制的命運之鑰。

著名的捷克詩人塞佛特（J. Seibert, 1901–1986），在〈布拉格〉這首詩裡的詠嘆，以詩人用言語，遠不及那些手持武器的人說得多，襯托人民力量。

「是的／因此我們眼淚很多／落下時弄鹹了我們的麵包／亡者的聲音在我們淚中回響／亡者呼喊的聲音」（梁景峰譯）

布拉格之春是天鵝絨革命的序曲，就像美麗島事件是新世紀之初改變國民黨統治歷史轉折的序曲一樣。在不同的國度，映照著歷史進程的一些相似之像，但卻又存在著迥異的課題。

比起捷克成功地、和平地處理了與斯洛伐克的分離，以及原先東歐各共黨國家在華沙集團構造服膺舊蘇聯指令的因勢順利解除，台灣仍然糾葛在國民黨中國和共產黨中國的陰影裡。

這個美麗島，在形塑美麗的世界的顛沛進程，仍然存在著詩人張冬芳的牽掛。因為，台灣的自由之路仍在追尋的過程。在歷史裡，從來沒有過真正自己的國家。在殖民體制與類殖民體制的歷史裡，升降著別人給予的旗幟，即連選擇自己的名稱也不被允許。

聽聽詩人的聲音，生活在台灣這塊土地的人們，成長起來，覺醒起來吧！

二〇〇四年十二月十日的第二天，美麗島事件紀念日的第二天，世界人權之日的第二天，攸關台灣自由之路的國會改選，應該做什麼樣的選擇，不是很清楚嗎？

——《文化窗景與歷史鏡像》

堅定的心，動人的歷史

一個愛沙尼亞詩人列皮克（K. Lepik, 1920–1999），在蘇聯殖民控制他們時，寫下〈咒語〉這樣的詩：

假使你破壞我們的語言，
假使你殘害我們的人民，
也許雨會變成石頭漫佈你們的田野，
也許石頭會射出箭矢。

愛沙尼亞、拉脫維亞、立陶宛，波羅的海三小國，動人的獨立運動場景，他們以非暴力抗爭（一種顯示意志力的運動）完成獨立的故事，被世界稱頌。二〇〇四年二二八，台灣全島南北縱線的「手護台灣」就是從波羅的海三小國得到的靈感與啟示。

波羅的海三小國，有許多詩人的篇章呈顯他們國度在被殖民統治下的人民意志和感情。有些是歷史身世的追尋，有些是對自己國家前途的追尋。不服從殖民體制的訓令，不合理化殖民體制，而且不斷顯現獨立的決心，讓他們在關鍵時際從被殖民統治中站起來。

看看波羅的海三小國，想想台灣，我們這個島嶼的不正常國家狀態，顯現什麼文化形貌？經濟發展的物質條件提供台灣社會消費層面近似發展國家的景況，但是意義的形式呢？政治人的語言與經濟人的語言制約著文化人的語言，而不是從文化人的語言，去尋求解釋政治和經濟，去發現政治和經濟的意義。

被殖民症候群顯現在我們的社會。台灣，不像前引愛沙尼亞詩人的作品，以石頭引喻的人民意志，而是在被迫害的情境中，在被扭曲的人性中，不斷合理化中國的殖民體制意理。

說什麼「中華民國」是一個主權獨立國家，國民黨中國的認識論，迴避了「中華民國」憲法對中國的指涉，以及其根源。這就是中華人民共和國以國共內戰殘餘解釋他們收復「中華民國」而帶給台灣的後遺症。

而民進黨說，台灣是一個主權獨立國家，現在的名稱是「中華民國」。這種「現時共識」為「接管論」留下問題，讓台灣變成殘餘的「中華民國」，徒讓國共內戰的無關係人台灣糾葛在其中。

台灣應該是一個主權獨立國家。但因「中華民國」，糾葛在國共內戰的紛爭裡，尚無法正常化。必須透過新憲，形塑一個新共同體意志與感情的國家。生活在台灣的人們，如果沒有這樣的體認，只會在自欺欺人的事況中存活著。「中華民國」被切割在中國之外的歷史，籠罩在台灣，從前的反攻大陸對照著現在的併吞台灣，國民黨中國和共產黨中國的相互敵對，成為台灣的陰影。在陰影中活著？還是撥雲見日尋覓光明？這不只是滿足於經濟發展的物質志向可以達到的。

中華人民共和國制定「反分裂國家法」，據其憲法和「中華民國」憲法的共同意理，威脅在台灣的「中華民國」論者，宣稱可以用武力併吞台灣，這種帝國的恫嚇，難道還不能讓宣稱在台灣的「中華民國」是一個主權獨立國家的各種競逐統治權力覺醒嗎？取代國民黨執政的民進黨，尤應站在台灣的主體條件，更真實更堅定地面對問題。畢竟，新政權應該比舊體制更能夠處理這種歷史積累的課題。

沒有真正的覺醒，台灣不能走出特殊歷史構造的後遺被殖民統治症候群。中華人民共和國的「反分裂國家法」是對墨守殖民體制主權論統治權力的當頭棒喝，終極目標究竟為何？是一個台灣新國家，還是被中國併吞為一部分，才是真正的選擇，生活在台灣的人們如何選擇，而不是不做選擇。選擇，然後燃發國民意志和感情朝向目標努力。建構一個國家從來都不是簡單的事，克服被殖民症候群的病理，生活在台灣的人們才會開展動人的歷史！

——《文化窗景與歷史鏡像》

呼喚台灣的名字

台灣的政治改革運動在街頭風起雲湧的時際，我曾發表一首詩〈象徵〉，收錄在《傾斜的島》裡。從街頭走上體制內的政治改革運動，以改變國民黨一黨長期統治而奠基了民主化形式。但體制畢竟是尚未完成重建的類殖民體制，糾葛在「中華民國」與「中華人民共和國」的中國意理，仍然重重壓制在台灣的國家條件。儘管新的執政論述以總統直選已建構台灣為主權獨立國家條件，但「應該是一個獨立國家」和「是一個獨立國家」之間，畢竟存在著一條看不清的界限，必須突破。

對於台灣主權的挑釁來自中華人民共和國，這個中國認為一九四九年潰退來台的中華民國是它未解決的人民革命霸業。而在台灣的中華民國——曾經壟斷統治權力的國民黨的中國意理，以及未能解構中國意理的新政權，提供或無法制止來自台灣海峽對岸、代表中國的中華人民共和國的侵犯意識形態。台灣雖然奠基了民主化，但是台灣國家共和體的真正形成，能夠形塑有效國家認同的國民黨意志和感情仍只在發展之途。

雖然執政了，雖然宣稱台灣是一個主權獨立國家，但是，仍然要走上街頭、挑釁來自外部，台灣理應不分黨派群起捍衛國家。但荒謬的是持有殖民統治心態的政黨施展內部反制：挾怨——因為統治權力失落；報復——也因為統治權力失落。這樣的殖民統治心態挾持跟隨著，但仍然有一些從被挾持狀態脫困的人們呼籲共同捍衛台灣的民主以及自由。三二六是一個特別的日子，為了反抗中華人民共和國制定「反分裂國家法」的威脅恫嚇，首都台北街頭以十條路線展現台灣人民——不分族群、性別、地域、階層、政黨（如果這樣，更好）的聲音，向中華人民共和國的「不自由、不民主」說不！向台灣的「自由、民主」說是！

番薯花別在胸襟
我們的身軀就成爲土地
番薯花繪在旗幟
謙卑的火焰就會燃燒

這是〈象徵〉這首詩的行句，這樣的行句又顯現在首都台北街頭。台灣的政治改革運動，不但有內部課題，也有外部課題。雖然執政了，民進黨還有很長的路要走；雖然在野了，國民黨仍然挾持國家意理。

就在三二六，首都台北街頭展現熱烈的群眾遊行時。台灣的海洋首都高雄，正以「海陸合鳴．詩心交融」為主題進行二〇〇五高雄世界詩歌節的活動。來自世界其他二十五個國家的三十位詩人和台灣的六十位詩人，從台灣南方吟唱著詩的聲音。海島的國家——台灣，以海為界線，鄰近大陸國家——中國。海陸也能合鳴，但中國卻是戰鼓吹鳴相向，背離人類文明追尋的和平憧憬。

在首都台北三二六發出激昂之聲時，我正在南方高雄以我的詩以及我的論述，呼應著這樣的聲音。我在〈海與陸地的對話——多重視野，探尋願景〉裡說：「海連帶著地球上所有的土地。如果國界是限制，那麼海是延伸或擴散。大陸國家和海島國家，在封閉性和開放性是差異的。小小的島嶼，像台灣，也能夠因為海而開闊起來。當然，這要國家有自由的情境。台灣，經民主化自由化的努力而爭取到開放性。」我們守護的無非就是這樣的價值。

我盼望我在台灣南方朗讀的詩〈在世紀之橋的禱詞〉，能夠傳遞到台灣北方的街頭。那是我的心。

從水平線透露的光

照耀日昇之屋

福爾摩沙依然在海的擁抱裡
釀造夢想
地平線上
她的子民共同呼喚
台灣的名字

——《文化窗景與歷史鏡像》

我不要這樣的國家

我不要這樣的國家：

● 習慣於被殖民統治，未能覺醒。即使勉強經由政黨輪替，但民主化的轉型停留在替代管理外來政權虛構化的國家形式，缺乏對轉型期正義的追尋與處理。國境內充塞著殖民統治體制的威權獨裁者銅像，在路口、在校園、在機關、在軍營，複製著殖民統治體制的符碼，在都市也在鄉村的地圖上。

● 政治人物競逐權力交征利，視為特種行業經營公職；附和在殖民統治體制的被殖民者政治人物長期以服侍威權圖利自己，而不以為恥，並以為功成名就，合理化殖民統治體制；而曾為異議者的反對運動人士，從改革者而進入體制，有些人雖未被殖民政黨馴化卻承襲了殖民體制，另有些人則如同被殖民政黨馴化，唱和著殖民統治意理而得到掌聲。

● 徒有身體而無精神，人們以鐵窗護衛並封鎖自己的家園，未能走出賺食社會的存活形態，崇尚物質，雖然有相當程度的經濟條件卻未能在文化上積極建構自己。包括中產或中智階級以上的許多有力者，缺乏對自己國度的認同，成為投機性移民後仍護衛著殖民統治體制，排拒政治改革和國家重建。

● 缺乏對民主和進步的真正信仰，也沒有自由與人權的真正信念。殖民統治體制下的相互異化，形塑出功利主義的心態。無視於威脅自己國家的強權，仍然一意趨附，欺騙自己，作賤自己。一副可以不斷接受不同的殖民統治體制模樣，無法讓世界聽到自己要獨立自主的聲音。許多曾附和威權獨裁的文化人、藝術工作者搖身一變高喊廉價革命的口號，不以為恥。

我要這樣的國家：

● 一個自由的、民主的美麗小國。人們追求進步的文明，重視人權，並愛惜自然。

● 能夠走出歷史的悲情，建構公義、和平的社會。認同並護守自己的國家，而且有尊嚴地對世界其他國家伸出友善的手。

● 能夠創造經濟的繁榮，而且發展優質文化，健全並豐富國民人格，能不斷描繪國家的新視野。

——《文化窗景與歷史鏡像》

請先把這個國家埋葬掉

矢內原忠雄（一八九三～一九六一）以《日本帝國主義下之台灣》對日本殖民台灣的自我批評，呈現了知識人的正直視野。他的行止形塑了「日本人的良心」，在戰後的日本重新被面對，從戰前被東京大學解職到戰後復任，並成為東京大學校長，反映了日本學術文化界的政治際遇。

矢內原忠雄長子矢內原伊作（一九一八～一九八九）撰寫的《矢內原忠雄傳》，通行中文版已由李明峻譯介，由行人出版。一句矢內原忠雄的話語點出這位知識人的良心所在：「為要活出日本的理想，請先把這個國家埋葬掉！」

在我們的國度，這句話如果換成：「為要活出台灣的理想，請先把這個國家埋葬掉！」這個國家，指的當然是「中華民國」了。「中華民國」論者一定無法聽進這樣的話語。問題就在這裡。今天，台灣的困境就卡在這種欺罔國家的執迷不悟。

中國國民黨的黨政軍過氣要員前仆後繼地奔赴共產黨中國朝拜，一干退役將領與中國人民解放軍交心，甚至說了「國軍共軍都是中國軍」這種武德盡喪的話。據說總統府高層頗為震怒，這又說明什麼？大選到了，拆穿了馬英九愛台灣的謊言嗎？還是搶先表態向共產黨中國交心壞了頭人光彩？退役將領的朝拜行列，一大堆政戰高層。想當年，多少人被政戰以匪諜治罪？真是其心可誅！

戒嚴軍事統治時期配合統治權力，以反共之名遂行恐怖手段；民主化時代，反民主。國民黨中國的黨國體制帶給台灣的中國意象，令人不齒！中國人的良心何在？異族殖民的日本，有矢內原忠雄；標榜祖國的戰後類殖民統治，有什麼學術文化人達到這種良心高度？「為要活出日本的理想，請先把這個國家埋葬掉！」何等氣魄之言！「為要活出台灣的理想，請先把這個國家埋葬掉！」在台灣的「中華民國」論者，想想這樣的話語吧！台灣的國家問題根源和病理，就在於此！在於真實地面對不真實，在於勇敢地面對真實！

——《文明之光‧國家之影》

看看韓國，想想文化

韓國正在積極向世界輸出他們的文學，介紹他們的詩人、作家。這是韓國走離軍事統治困境後，發展經濟之外，自我振興的文化工程。一個新興的亞洲國家，不只脫離二戰前被日本殖民統治的悲情歷史，也展示了邁向新國家的形貌，硬實力與軟實力兼具。

與台灣的「中華民國」體制，習慣以「復興」的語彙宣示文化和經濟動向不同，韓國以「振興」的概念展現意圖。就像在台灣的「資訊」和韓國（甚至日本）的「情報」，不同的語彙概念顯示不一樣的心境。「振興」是更為進取，更具有未來性的。振興是向未來；復興是向過去。

一九八〇年代，韓國就有「國家藝術振興院」這樣的組織，出任過院長的詩人鄭漢模，後來還出任過文化部長。隨著民主化的開展，韓國的文化發展動向顯現出多采多姿的面向，不只文學、美術、音樂、電影……都有新貌。正逐步與追求「文化發信國家」的日本分庭抗禮。

以向世界介紹韓國文學為宗旨的韓國翻譯院（LTI Korea），正在世界各國家的城市舉辦

「KLTI城市論壇」，由韓國作家與各該國作家齊聚一堂談韓國文學，並積極遊說各國翻譯出版韓國圖書。據說，每年經費約二億台幣。相對比較，台灣每年僅約二百萬元，相形見絀。「KLTI台北論壇」二〇一〇年在台北政大韓文系協辦下舉行。參與了論壇，讓人感慨良多。

台灣，也在「韓流」的衝擊之中，不過顯現在電視劇與飲食方面，文學翻譯相對不那麼熱絡。申京淑的小說《請照顧我媽媽》（中文版，圓神）是少數幾個例子。這部關於年邁母親來首爾找子女失蹤後，全家人內疚自省的小說，已在韓國賣出二百萬本，也在二〇一一年曼氏亞洲文學獎脫穎而出。

亞洲，甚至世界，正從文學了解韓國。台灣要讓亞洲、讓世界了解台灣什麼？怎麼了解？既不像日本已形成的民間文化活力，也不像韓國有積極的國家文化機制協力。更嚴重的是，被窒息在「中華民國」的問題性裡，國家不像國家。而且，台灣的中華文化復興概念，不只倒頭走，更在複製假的中國，即便輸出，也常常只混淆了文化視野。

——《文明之光・國家之影》

國家太虛假，文化太輕浮

日本最大的出版社「講談社」，年營業額約五百億台幣，幾乎超過所有台灣出版社年度營收總額。位居二、三位的「小學館」、「集英社」營收也相當接近。而日本人口只是台灣的五倍。如果看看北歐諸國總和，人口不比台灣多，他們的出版業與台灣比較，也會讓台灣汗顏。與出版業息息相關的書店，處境一樣。

看看台灣，最大的出版通路「博客來」，年售書超過三十億台幣，「誠品」的年售書近三十億台幣。即使營收規模小，也沒有一家出版社可以比較。瞠乎通路之後的出版社，力量之微弱，可以想見。全台灣三一九個縣市轄區、鄉、鎮，沒有一家非文具型書店的，數目可能讓這個國家的文化部門汗顏，閱讀者哪裡去了？

日本是世界最注重閱讀的國家中排名在前的。拜明治維新奠定的文化基礎，出版與閱讀形塑出這個亞洲國家的文明高度，傳統與創新兼具。台灣在日治時期也曾形塑出文化榮光，文化人與財界、政治、社會運動人士平起平坐，有一樣的社會高度，當時的報業、出版業，也有榮景，閱讀之盛遍及知識人社會。但是二戰後，在政治與文化劇烈變動的惡質生態下，在挫折中難以逃生。

二戰後，國民黨中國據佔台灣，後來並成為流亡基地。黨政軍特團介入的文化體質，一直是當下台灣社會的文化病理，這樣的病理依附在民主化形成的政府文化機制裡，成為夢魘般地存在。「夢想家」藉幽靈黨國百年的問題重重挹注利益事件；以及披上「文創」的新口號而進行中的佈施，也是換湯不換藥的吃拜拜，對於奠基、厚實台灣文化產業，會流於虛功。

在台灣的「中華民國」並沒有追尋建構真實國家的努力。這樣的「國家」太虛假。粉拳繡腿，徒然施放文化焰火，奠基不了國家的文化深度與廣度。歸根究柢，台灣需要的是文化振興而非文化復興。在一個真實國家條件下的「近現代國民意識形塑」和「文化生活志向養成」才是脫胎換骨，讓台灣這個國度能發展出文化高度的關鍵。

——《文明之光・國家之影》

尋覓精神的亮光

歲末的狂熱將顯現在台灣從北到南，一路的煙火秀，幾乎已成為全民運動的跨年排場，成為青少年最重要行程。拜各縣市行政首長力挺之賜，演藝化社會的火花亮到最高點，大眾傳播媒體會被淹沒在這樣的情境裡。

是洋溢著希望的歡樂節慶？還是政治失敗主義的喧囂呢？這樣的政治文化工程，說政治的是因為台灣舉世無匹的現象：活動大多由行政機構挹注、主導其事，而非民間社會的商業機制發起。公關公司被政治當局委辦，一場又一場的政商共謀煙火、歌舞秀在台灣展示了特殊的政治文化工業。說與搖頭丸有異曲同工之妙，有何不宜？

從一九九〇年代中期，快樂希望的台北市封街狂歡開始，台灣不分黨派的地方行政首長，大抵都依阿扁市長之樣畫葫蘆，以擄獲青少年之心為務，迎合青少年的趣味，投其所好。所以，動員青少年的身體，讓他們忘記一切苦惱。是這樣嗎？現實呢？社會呢？「國家」呢？再說吧！

身體型的社會畢竟不是精神型的社會。歲末的狂熱要讓青少年忘記一切現實與社會，甚至「國家」的煩惱。現在，政治最時興的就是演藝 Event，宰制著國家機器文化機制的黨國看著不分黨派的歲末狂熱，也樂得輕鬆。

誰叫台灣的社會缺乏精神的土壤呢？誰叫政治改革運動也缺乏精神的土壤，甚至迎合身體型的社會呢？應該要有革命性的當下政治，能夠不對歲末的狂熱這種煙火秀現象有問題意識嗎？這樣的現象幾乎充塞在所有的節慶裡。行政權力和資源又何必去對商業機制這麼強的演藝 Event 錦上添花呢？天曉得！

看看具有革命性的青年們要在「自由廣場」守夜，要守護媒體公共性價值而挺身而出的行動吧！面對全台的跨年煙火演藝喧囂，在「自由廣場」的自由心靈之火也許不夠亮麗，卻是希望的光，是台灣真正需要守護的火苗。台灣不能只耽溺在感覺裡，要有精神。精神！精神！精神！

——《文明之光・國家之影》

閱讀貧困化，文化蒼白症！

政府天天「書香社會」，從文建會、文化部，天天喊「文化」，結果呢？生活在台灣的人，每人每年平均閱讀二本書（或購買二本書）。與世界各國民眾相較，瞠乎其後。文化生活志向未能形成，雖有表面的經濟繁榮，無法成為進步國家。

不管從知識論，或從教養論，閱讀都是不可缺的條件。閱讀，以開啟心智，文明國家或文明社會不是這樣形成的嗎？「文化生活志向」受到進步國家的重視，不是沒有理由的。

台灣從戰前五十年的日本殖民統治到戰後六十多年的國民黨中國殖民統治，從日本化而國民黨中國化。語文斷裂、政治變遷，書寫與閱讀受到的影響最大。

戒嚴時期的政治公害，解嚴以後的商業公害，形成嚴重的文化病理。書寫、出版（印刷、發行）、閱讀的文學社會構造莫不受到扭曲與破壞。「書香社會」說說而已，「文化」喊喊罷了，這就是我們這個不像國家的「國家」的問題。

購書閱讀是閱讀者與書店或其他流通管道的關係，書店因而藏著愛書人的夢。養成閱讀這種文化教養的人們，因為對書的愛情，會逛書店，尋找所愛；借書閱讀是閱讀者與圖書館的關係，無須購買，而是借閱，可以說是公共福利。

一九八七年諾貝爾文學獎得主，詩人布洛斯基（J. Brodsky, 1940–1996）說：「圖書館比軍隊重要；帝國是靠語言的力量而非軍隊維繫的。」大哉斯言。在蘇聯革命後的貧困與專制社會成長的這位非學院孕育詩人，圖書館對他的意義何等重大！

台灣有許多鄉鎮沒有真正的書店，台灣的公共圖書館以壓低價格的採購法殺「書」取「本」；而政府的文化部門坐令事態嚴重化，只會用鈔票燃燒虛浮的黨國「夢想」。

進步的國家，圖書館進書考量大量重複閱讀因素，書價加乘購置，台灣的做法反其道而行之。鄰國日本，每年都有圖書館協會推薦圖書館購書書單。台灣呢？文化建設的虛情假意應該徹底反省了吧？

——《台灣，自由之路》

文明之光，國家之影

台灣在中華黨國體制之下，對文明之光沒有多少想像；台灣在中華黨國體制之下，國家籠罩著濃重之影。

為自由殉道的鄭南榕說：我們是一個小國，但我們是一個好國。一個小而美的國家並不是被黨國體制扭曲的人民的憧憬。

已故的學者張錫模在紀念鄭南榕的演講：「自由人的共同體」，引述孟德斯鳩的名言：「一個國家並不是由於土地肥沃，而是由於自由，才被認為是文明的。」

但是，自由的台灣卻向不自由的中國傾斜。為什麼？近利，私利薰心的緣故。中華帝國心態的迷障！黨國體制的迷惘！

為什麼一個曾經長期戒嚴、宰制的國家會這麼失控？從前通匪、附匪是多麼嚴重的罪名。只要對中國國民黨的統治有異議，就會被打入這樣的罪名。

在那個時代，演藝人員被反共之名牽著鼻子走，各軍種康樂隊就像中國共產黨的扭秧歌隊一樣。政工不可一世，掛牌的抓耙仔，不只在政府部門，也滲透民間。是為反共嗎？

其實是為了鞏固中國國民黨的專制統治！

有樣學樣四不像，一些演藝人員奔赴仍然是敵國的中華人民共和國。為什麼？因為那邊的餅較大！好笑的是台灣還大規模軍事演習，以中國人民解放軍攻台為假想敵。馬還鋼盔、防彈背心一個大兵樣子，哪像什麼總司令？

普通人家，家裡再窮，一個稍微懂事的小孩，你說讓他（她）去做有錢人家的孩子，會願意嗎？但為利奔赴中國的一干人等，可是振振有辭！穿針引線拐小孩的，還一大堆呢。

不能只怪演藝人員。看看那些黨政軍特團不在位子的人，當年喊愛國抓匪諜反共不遺餘力滿口口水的權力與利益棍子，寡廉鮮恥穿梭的樣子。看看成為共諜的將軍們；看看那些文化學術人從前反共反共現在中國中國的樣子。這是集體迷亂的現象。

台灣的中華黨國體在崩解，逐漸被吸納進它曾對敵的另一個中華黨國體制。這個叫「中華民國」的中華國民黨國正在掘自己的墳墓，覆土的是中華共產黨國。對自由有憧憬的台灣人，對小而美國家有願景的人們，要看清楚，要想清楚。

——《台灣，自由之路》

歷史之痕，文學之花

六十八年前，八月十五之後的這時際，台灣處於跨越國度、跨越通行語文的徬徨、迷惘階段。省思二次世界大戰終戰前、後的台灣歷史，小說家吳濁流（一九〇〇～一九七六）的《亞細亞的孤兒》和《無花果》、《台灣連翹》三部曲，應該是台灣人必讀的經典。但我們的本國語文教育並沒有這樣的視點。

我們的本國語文教育是以「中國」為國家基盤，以「中國國民黨」的殖民統治性為方針，缺乏近代進步意識與新文化視野。同樣屬於殖民體制，比起日本時代殖民政權的自信，戰後殖民政權因為流亡性質，思想控制壓迫更為嚴重。本國語文教育不是啟發之鑰，而是壓制的枷鎖。

《亞細亞的孤兒》原名《胡太明》，是吳濁流在日本時代末期開始寫作的文學見證，以日文紀錄台灣人的悲哀命運，更跨越到戰後面對祖國的迷惘。一九四六年，分篇發行；一九五六年，在日本出版全本；一九五九年，以《孤帆》為名，在台灣出中文譯本；一九六二年，又另出版中文《亞細亞的孤兒》。

《無花果》是吳濁流的自傳性小說，於一九六九年完成。描寫的是一九四五年八月十五日、日本投降，到十月十七日，國民黨中國軍隊、行政長官公署官員搭美軍軍艦四十多艘來台的六十天，「台灣在無政府真空狀態下，安靜平和、自律自治的日子」。但台灣青年在基隆碼頭構築望樓遠眺、期盼的祖國軍隊到來後，卻成為台灣人必須承受、無法承擔的悲哀。這本書在一九七〇年出版時，遭禁，後收於「新台灣文庫」（前衛出版）。

一九七三年，吳濁流七十四歲時，發表《台灣連翹》一部分，對二二八事件有指陳、揭露許多半山（附和國民黨中國來台接收、並出賣台灣人得名得利的一些日本時代前往中國參加中國國民黨者）的罪證，生前遺囑交代死後十年的適當時際出版。後收於「新台灣文庫」（前衛出版）。

歷史藏在文學裡，終戰前後的台灣際遇在《亞細亞的孤兒》和《無花果》、《台灣連翹》的書頁之中。台灣人在自己的土地上，思前想後，這就是要翻閱的文學，要細讀的歷史。生活在台灣的人們不能只被眩惑在大江大海，我們小小的島經歷過不斷被殖民的印痕。先人之血，歷史之痕，文學之花。生活在這土地的人們，要閱讀、凝視這樣的歷史。

——**《台灣，自由之路》**

李敏勇著作索引

1 詩

《雲的語言》（傳敏）	林白出版社，一九六九
《暗房》	笠詩社，一九八六
《鎮魂歌》	笠詩社，一九九〇
《野生思考》	笠詩社，一九九〇
《戒嚴風景》	笠詩社，一九九〇
《傾斜的島》	圓神，一九九三
《一個台灣詩人的心聲告白》（CD詩集）	上揚唱片，一九九六
《心的奏鳴曲：李敏勇詩集》	玉山社，一九九九
《如果你問起——漢英對照李敏勇詩選》	圓神，二〇〇一
《思慕與哀愁——漢日對照李敏勇詩選》	圓神，二〇〇一
《青春腐蝕畫：李敏勇詩集 I（1966–1989）》	玉山社，二〇〇四
《島嶼奏鳴曲：李敏勇詩集 II（1990–1997）》	玉山社，二〇〇八
《自白書》	玉山社，二〇〇九

《李敏勇集》（台灣詩人選集37）	國立台灣文學館，二〇〇九
《暗房：李敏勇手抄詩集》	春暉，二〇一〇
《寄給你的30張明信片》	春暉，二〇一〇
《美麗島詩歌：通行台語詩集》	玉山社，二〇一二
《사백서》（自白書）（韓文版詩選　金尚浩譯）	Baum，二〇一二
《童謠詩：螢火蟲的亮光》	春暉，二〇一三
《一個人孤獨行走》	玉山社，二〇一四
《幸福手帖——給女兒的信物》（詩的書帖）	春暉，二〇一六
《詩的 Calendar》	春暉，二〇一六

2 散文

《人生風景》	圓神，一九九六
《海角，天涯，台灣：心境旅行，詩情散步》	圓神，二〇〇九
《富士山下的搖籃曲》	春暉，二〇一一
《墓誌銘風景：生命的亮光，人間的印記》	玉山社，二〇一八

3 小說

《情事》	圓神，一九八七
《私の悲傷敘事詩：一個詩人的青春小說》（李紀）	九歌，二〇一九

4 譯詩

《亂髮：閃亮百年的詩花束》（與謝野晶子短歌集）	圓神，二〇〇〇
《星星和蒲公英：金子美鈴童謠詩集》	方智，二〇〇一
《沉默抵抗：捷克／巴茲謝克（Atoinin Bartusek 1921–1974）詩選》	春暉，二〇〇八
《革命之花：拉丁美洲詩人之國／尼加拉瓜民眾詩選》	春暉，二〇〇八
《亂髮：閃亮百年的詩花束》【十年珍藏版】	圓神，二〇一〇
《童謠詩：有橄欖樹的風景》（羅卡童謠詩）	春暉，二〇一三

5 隨筆

《文化風景》	圓神，一九九六
《彷彿看見藍色的海和帆》	圓神，二〇〇〇
《漫步油桐花開的山林間》	圓神，二〇〇〇
《詩人的憂鬱：寫給台灣的情書》	玉山社，二〇〇四
《台灣進行曲》	前衛，二〇〇六
《自由啓示錄》	前衛，二〇〇七
《李敏勇隨筆集：詩之志》	春暉，二〇一二
《李敏勇隨筆集：文學心》	春暉，二〇一二

6 文學評論

《做爲一個台灣作家》	自立晚報，一九八九
《詩情與詩想》	業強，一九九三
《戰後台灣文學反思》	自立晚報，一九九四

7 世界詩譯讀

《詩的世界》	圓神，二〇一六
《世界的詩》	圓神，二〇一六
《告白與批評》	春暉，二〇一七
《戰後台灣現代詩風景：雙重構造的精神史》	九歌，二〇一九
《亮在紙頁的光：39位世界詩人的心境與風景》	玉山社，一九九七
《溫柔些，再溫柔些：40位世界詩人編織的聲音情境》	聯合文學，二〇〇五
《經由一顆溫柔的心：台灣、日本、韓國詩散步》	圓神，二〇〇七
《顫慄心風景：當代世界詩對話》	聯合文學，二〇〇八
《在寂靜的邊緣唱歌：世界女性詩風景》	圓神，二〇〇八
《詩的異國心靈之旅》	聯合文學，二〇〇九

《遠方的信使》	圓神，二〇〇九	
《聽，世界在吟唱：詩的禮物2》	圓神，二〇一四	
《笠50年一年一選：世界詩風景1964-2014》	春暉，二〇一五	
《繆思的聲音：當代世界女性詩》	圓神，二〇一八	

8台灣詩閱讀

《綻放語言的玫瑰：20位台灣詩人的政治情境》	玉山社，一九九七	
《台灣詩閱讀——探觸五十位台灣詩人的心》	玉山社，二〇〇〇	
《啊，福爾摩沙：新台灣詩選》	本土文化，二〇〇四	
《是春天爲我們開門的時候了：一個台灣詩人心的秘密》	圓神，二〇一二	
《聽，台灣在吟唱：詩的禮物1》	圓神，二〇一四	
《笠50年一年一選：台灣詩風景1964-2014》	春暉，二〇一五	

9社會評論

《崩壞國家》	前衛，一九九二
《悲情島嶼》	前衛，一九九二
《迷亂時代》	前衛，一九九二
《腐敗國家，腐亂社會》	不二，一九九六
《文化窗景與歷史鏡像：一個台灣詩人的跨世紀守望 1999–2009》	允晨，二〇一〇
《尋覓家國願景：一個詩人的台灣守望 2009–2010》	允晨，二〇一一
《文明之光，國家之影：一個詩人的台灣守望 2011–2012》	允晨，二〇一三
《台灣，自由之路：一個詩人的台灣守望 2013–2014》	允晨，二〇一五
《邁向重建時代：一個詩人的台灣守望 2015–2016》	允晨，二〇一七

《國家之夢，文化之愛：一個詩人的台灣守望2017–2018》	允晨，二〇一九

10藝術評論

《美術風景》	藝術家，二〇〇〇

11編選

《情念——撫慰心靈的詩》	圓神，一九八六
《旅途——撫慰心靈的詩》	圓神，一九八七
《憧憬——撫慰心靈的詩》	圓神，一九八七
《覺醒與再生》（四七社）	前衛，一九九二
《改造與重建》（四七社）	前衛，一九九二
《傷口的花：二二八詩集》	玉山社，一九九七
《混聲合唱：笠詩選》（合編）	春暉，二〇〇一
《自由10講》（鄭南榕基金會）	玉山社，二〇〇五

《心的風景50選》	玉山社，二〇〇五
《複眼的思想：戰後世代8人詩選》	前衛，二〇〇五
《台灣之美》（合編）	李登輝學校，二〇〇六
《花與果實》（青少年台灣文庫《新詩讀本》）	五南，二〇〇六
《我有一個夢》（青少年台灣文庫《新詩讀本》）	五南，二〇〇八
《天門開的時候》（青少年台灣文庫《新詩讀本》）	五南，二〇〇八
《自由星火——鄭南榕殉道20週年紀念詩集》	玉山社，二〇〇九
《浮標》（英漢對照台灣詩選）	玉山社，二〇一一

12 其他

《詩的信使：李敏勇》（蔡佩君著）	典藏藝術家庭，二〇一〇

國家圖書館出版品預行編目 (CIP) 資料

多音交響．多面顯影：李敏勇精選讀本 / 李敏勇著. -- 初版. --
臺北市：前衛, 2019.10
面； 公分
ISBN 978-957-801-884-6(平裝)

848.6　　　　108014620

多音交響・多面顯影
李敏勇精選讀本

作　　者　李敏勇
責任編輯　鄭清鴻
美術編輯　我只剩下色塊
封面設計　兒日設計
出版贊助　台北建成扶輪社

出 版 者　前衛出版社
地址：10468 台北市中山區農安街 153 號 4 樓之 3
電話：02-25865708 | 傳真：02-25863758
郵撥帳號：05625551
購書・業務信箱：a4791@ms15.hinet.net
投稿・代理信箱：avanguardbook@gmail.com
官方網站：http://www.avanguard.com.tw
出版總監　林文欽
法律顧問　南國春秋法律事務所
總 經 銷　紅螞蟻圖書有限公司
地址：11494 台北市內湖區舊宗路二段 121 巷 19 號
電話：02-27953656 | 傳真：02-27954100

出版日期　2019 年 10 月初版一刷

定　　價　500元

ISBN 978-957-801-884-6